U0024296

實踐大學 數位出版
合作系列

大陸當代
小說選論

陳碧月——著

出 版 心 語

　　近年來，全球數位出版蓄勢待發，美國從事數位出版的業者超過百家，亞洲數位出版的新勢力也正在起飛，諸如日本、中國大陸都方興未艾，而臺灣卻被視為數位出版的處女地，有極大的開發拓展空間。植基於此，本組自民國 93 年 9 月起，即醞釀規劃以數位出版模式，協助本校專任教師致力於學術出版，以激勵本校研究風氣，提昇教學品質及學術水準。

　　在規劃初期，調查得知秀威資訊科技股份有限公司是採行數位印刷模式並做數位少量隨需出版〔POD＝Print on Demand〕（含編印銷售發行）的科技公司，亦為中華民國政府出版品正式授權的 POD 數位處理中心，尤其該公司可提供「免費學術出版」形式，相當符合本組推展數位出版的立意。隨即與秀威公司密集接洽，雙方就數位出版服務要點、數位出版申請作業流程、出版發行合約書以及出版合作備忘錄等相關事宜逐一審慎研擬，歷時 9 個月，至民國 94 年 6 月始告順利簽核公布。

執行迄今，承蒙本校謝董事長孟雄、陳校長振貴、黃教務長博怡、藍教授秀璋以及秀威公司宋總經理政坤等多位長官給予本組全力的支持與指導，本校諸多教師亦身體力行，主動提供學術專著委由本組協助數位出版，數量近60本，在此一併致上最誠摯的謝意。諸般溫馨滿溢，將是挹注本組持續推展數位出版的最大動力。

　　本出版團隊由葉立誠組長、王雯珊老師以及秀威公司出版部編輯群為組合，以極其有限的人力，充分發揮高效能的團隊精神，合作無間，各司統籌策劃、協商研擬、視覺設計等職掌，在精益求精的前提下，至望弘揚本校實踐大學的校譽，具體落實出版機能。

實踐大學教務處出版組　謹識

民國 103 年 8 月

目次
CONTENTS

莫言及其小說的藝術特色

一、前言

　　2012年10月11日，「用魔幻現實主義將民間故事、歷史和現代融為一體」的莫言，獲得「諾貝爾文學獎」，是第一位獲得該獎的中國籍作家。

　　莫言，中國當代最重要的作家之一，原名管謨業，山東省高密縣人。「莫言」，是莫言剛開始創作時所起的筆名，原因是為了提醒自己不要「放炮」說真話，告誡自己要少說話。「我改不了喜歡說話的毛病。為此我把文壇上的許多人都得罪了，因為我最喜歡說的是真話。」[1]他在2005年接受香港公開大學授予的榮譽文學博士時表示：「如果因為我敢於說實話而授予我榮譽文學博士，那麼我覺得自己當之無愧。」[2]

　　文革開始後，十歲的莫言就輟學回家當了農民，因為地主的家庭出身以及「造反」得罪老師被攆出學校。小小年紀在故鄉的草地上放牧牛羊，心裡是非常孤獨痛苦的，一整天只能與動植物交流，此時，培養了他與大自然密切的深厚感情。莫言認為故鄉

---

[1] 〈飢餓和孤獨是我創作的財富──在史丹福大學的演講〉，《小說在寫我：莫言演講集》，臺北：麥田出版社，2004年4月，頁59。

[2] 〈浙江龍泉：中國首個諾獎得主莫言的祖籍地尋根情節〉，《中新網》，2012年10月12日。

情結、故鄉記憶毫無疑問是一個作家的寶庫，因為「第一，故鄉與母親緊密相連；第二，故鄉與童年緊密相連；第三，故鄉與大自然緊密相連。」[3]他的作品裡的感情也寄寓到他所強調的「民間寫作」中。「所謂民間寫作，就要求你丟掉你的知識分子的立場，你要用老百姓的思維來思維。⋯⋯真正的民間寫作，『作為老百姓的寫作』，也就是寫自我的自我寫作。」[4]

莫言所以成為作家，最原始的動力有三：第一跟「飢餓」有關，第二跟「愛情」有關，第三跟「虛榮」有關。

原因一：莫言說過：「飢餓使我成為一個對生命的體驗特別深刻的作家。長期的飢餓使我知道，食物對於人是多麼的重要。什麼光榮、事業、理想、愛情，都是吃飽肚子之後才有的事情。因為吃我曾經喪失過自尊，因為吃我曾經被人像狗一樣地凌辱，因為吃我才發憤走上了創作之路。」[5]莫言的鄰居是一個大學中文系的學生。他說他認識一個作家，寫了一本書，得了成千上萬的稿費。作家每天吃三頓餃子，而且還是肥肉餡的，咬一口，那些肥油就唧唧地往外冒。當時他們都不相信竟然有人富貴到可以每天吃三次餃子，但大學生用蔑視的口吻對他們說，人家是作家！懂不懂？作家！從此莫言就知道了，只要當了作家，就可以每天吃三次餃子，而且是肥肉餡的，那是多麼幸福的事！從那時起，他就下定了決心，長大後一定要當一個作家。

---

[3]　〈故鄉、夢幻、傳說、現實──著名作家莫言訪談錄〉，《小說在寫我：莫言演講集》，臺北：麥田出版社，2004年4月，頁173。

[4]　〈作為老百姓寫作──在蘇州大學演講〉，《小說在寫我：莫言演講集》，臺北：麥田出版社，2004年4月，頁105-106。

[5]　〈飢餓和孤獨是我創作的財富──在史丹福大學的演講〉，《小說在寫我：莫言演講集》，臺北：麥田出版社，2004年4月，頁58。

　　原因二：莫言鄰村一個石匠家有一套《封神演義》，為了閱讀這套書，莫言到石匠家拉磨磨麵一上午，就可以在他家閱讀《封神演義》兩個小時，他讀書時，石匠的女兒就在計時，時間一到，書就被她收走。其實說計時也是看那女孩的心情，為了討好石匠的女兒，嘴饞的莫言還去偷杏子給她吃。後來莫言喜歡上石匠的女兒，對她表明他的心意，她取笑莫言是癩蛤蟆想吃天鵝肉，雖然莫言的自尊心受到打擊，卻還是找人上門提親，後來石匠的女兒說要是他能寫出一本像《封神演義》一樣的書，她就嫁給他。後來這個女孩早早就嫁給了鐵匠家的兒子，並且生下三個孩子。

　　原因三：想賺一點稿費，買一雙閃閃發亮的皮鞋和手錶滿足一下虛榮心。「我想像著穿著皮鞋戴著手錶在故鄉的大街上走來走去的情景，我想像著村子裡的姑娘們投到我身上的充滿愛意的目光。」[6]

　　莫言在中國大陸與海外享有極高的聲譽，《紅高粱》曾榮獲第四屆全國中篇小說獎，其改編的《紅高粱》獲第三十八屆柏林電影節金熊獎。1997年，莫言以長篇小說《豐乳肥臀》奪得中國有史以來最高額的「大家文學獎」，獲得高達人民幣十萬元的獎金。莫言自謂：「你可以不看我所有的作品，但你如果要瞭解我，應該看我的《豐乳肥臀》。」[7]其他的長篇小說還有《紅高粱家族》、《天堂蒜薹之歌》、《食草家族》、《十三步》、《酒國》、《紅樹林》、《檀香刑》、《四十一炮》、《生死疲勞》等，中短篇小說一百餘部，並有劇作、散文多部；其中許多

---

[6] 〈存在下去的理由──在京都大學的演講〉，《小說在寫我：莫言演講集》，臺北：麥田出版社，2004年4月，頁22-23。

[7] 莫言：《豐乳肥臀》，北京：北京十月文藝出版社，2010年。

作品已被翻譯成英文、法文、德文、義大利文、日文等多種語言。可見，2006年日本第十七屆「福岡亞洲文化獎」對莫言的文學成就給予高度評價，是實至名歸的。

本文將從莫言的創作背景出發，探究其小說的藝術特色，期待經由本文的研究，能夠提供讀者對莫言小說研究相關參考資料，瞭解莫言在大陸當代小說中的歷史地位，以及透顯出莫言小說的發展脈絡。

二、藉由人生經歷，真實寫作

莫言的早年知識基本都是聽來的，他有很會說故事的爺爺、奶奶還有爺爺的哥哥——大爺爺；又其獨特而寶貴的個人歷史經驗，都成為他小說的寫作素材。

1960年，五歲的莫言正遭逢大陸「大飢荒」的年代，他在農村裡度過了飢餓孤獨的童年時光。大量關於飢餓的生活記憶，讓他對糧食產生深厚的感情。他曾說：「飯桌上食的是草根樹皮，連啃煤炭都覺好吃。」[8]於是，在〈糧食〉中，見到他塑造了一個令人蕭然起敬的偉大母親：

> 一位在生產隊裡拉磨的母親在災荒年月裡，為了養活自己的孩子，趁著幹部不注意時，在下工前將糧食囫圇著吞到胃裡，這樣就逃過了下工時的搜身檢查。回到家後，她跪在一個盛滿清水的瓦盆前，用筷子探自己的喉嚨催吐，把

---

[8] 「香港書展」：貿發局與《亞洲週刊》合辦的名作家講座，講題：〈我的文學經驗〉，2007年7月21日；http://hklit2007.blogspot/2007/10/721.html。

胃裡還沒有消化的糧食吐出來，然後洗淨，搗碎，餵養自己的婆婆和孩子。後來，形成了條件反射，只要一跪在瓦盆前，不用探喉，就可以把胃裡的糧食吐出來。這件事聽起來好像天方夜譚，但確是莫言母親和我們村子裡好幾個女人的親身經歷。[9]

　　這個情節還在《豐乳肥臀》裡可以見到。在當時「人早就不是人了，沒有面子，也沒有羞恥，能明搶的明搶，不能明搶的暗偷，守著糧食，不能活活餓死。」[10]這個細節是發生在60年代悲慘的真實事件。

　　此外，小時候的莫言在一個離家不遠的橋梁工地上給一個鐵匠拉風箱，白天打鐵，晚上就睡在橋洞子裡。橋洞子外邊就是一片生產隊的黃麻地，黃麻地旁邊是一片蘿蔔地。因為飢餓，他在勞動的空閒，溜到蘿蔔地偷了一個紅蘿蔔，卻被看蘿蔔的人捉住了。負責人對大家講了他的錯誤，然後就讓他站在毛主席像前向毛主席請罪。但這個請罪的場面被他二哥看到了。他押他回家，一路上不斷地對他施加拳腳，回家後得知狀況的父親大怒，認為相當丟臉。父親找來一條繩子，放在醃鹹菜的鹽水缸裡浸濕，因為怕把他的褲子打破，還要他把褲子脫下來接受抽打。根據這段慘痛的經歷，他寫出了短篇小說〈枯河〉與成名作中篇小說〈透明的紅蘿蔔〉。[11]

9　〈我的《豐乳肥臀》——在哥倫比亞大學的演講〉，《小說在寫我：莫言演講集》，臺北：麥田出版社，2004年4月，頁51。

10　莫言：《會唱歌的牆》，臺北：麥田出版社，2000年，頁74。

11　〈神祕的日本與我的文學歷程——在日本駒澤大學的即席演講〉，《小說在寫我：莫言演講集》，臺北：麥田出版社，2004年4月，頁37-38。

　　《紅高粱》也是源自一個真實的故事，發生在他所住的村莊的鄰村。先是游擊隊在膠萊河橋頭上打了一場伏擊戰，消滅了日本鬼子一個小隊，燒毀了一輛軍車，這在當時可是了不起的勝利。過了幾天，日本鬼子大隊人馬回來報復，游擊隊早就逃得沒有蹤影，在路上，因為一個人指錯了方向，使得另一個村莊的一百多個百姓慘遭殺害，村子裡的房屋全部燒毀。[12]而小說裡的王文義，也是以他的一個鄰居為原型的，莫言不但用了他的事蹟，而且還使用了他的真實姓名。

　　而《豐乳肥臀》的寫作契機是：1990年的一個秋天下午，莫言在北京的地鐵出口，見到一個從農村來的婦女。她正在給她的孩子餵奶。兩個又黑又瘦的孩子坐在她的左右兩個膝蓋上，每人叼著一個乳頭，一邊吃奶一邊抓撓著她的胸脯。他看到她的枯瘦的臉被夕陽照耀著，感到她的臉像受難的聖母一樣莊嚴神聖。他的心中頓時湧動起一股熱潮，眼淚不可遏止地流了出來。他站在臺階上，久久地注視著那個女人和兩個孩子。他想起了母親與童年。1994年，莫言的母親去世後，他就想寫一部書獻給她。他突然想起這個母親和兩個孩子，便知道要從何寫起了。[13]

　　莫言的母親生過很多孩子，但活下來的只有四個。在過去的中國農村，婦女生孩子，就跟狗貓生育差不多。他在《豐乳肥臀》的第一章裡描寫了這種情景：小說中上官魯氏生育她的雙胞胎時，她家的毛驢也在生騾子。驢和人都難產，但上官魯氏的公

---

[12] 莫言：〈我為什麼要寫《紅高粱家族》〉，《羊城晚報》，2012年10月16日。

[13] 〈我的《豐乳肥臀》──在哥倫比亞大學的演講〉，《小說在寫我：莫言演講集》，臺北：麥田出版社，2004年4月，頁47-48。

婆更關心的是那頭母驢。他們為難產的母驢請來了獸醫，但卻對
難產的兒媳不聞不問。這種聽起來非常荒唐的事情，在當時中國
農村是普遍存在的現象。莫言的母親也有類似的經歷。

　　而《天堂蒜薹之歌》則是義憤填膺的莫言受了一個真實事件
的刺激而作，出於對下階層農民的同情與其生活的關注而寫。

三、豐滿全面的女性形象

　　莫言曾明白地表示：「我沒有理由不讚美女性，因為女性是
我們的奶奶、母親、妻子、女兒。我的遺憾是我還沒把她們寫得
更好一點。」[14]

（一）吃苦耐勞，堅忍豁達的母親形象

　　在《紅高粱》中莫言塑造了「我奶奶」這個豐滿鮮活的女性
形象；而《豐乳肥臀》裡則有幾個吃苦耐勞的母親，除了前面所
提的生育了八個女兒和一個兒子承擔生命中一次次重創的上官魯
氏外，還有上官家的當家人──上官呂氏，她是鐵匠的妻子，但
實際上她打鐵的技術比丈夫強許多，小說形容她：「只要是看到
鐵與火，就血熱。熱血沸騰，沖刷血管子。肌肉暴凸，一根根，
宛如出鞘的牛鞭，黑鐵砸紅鐵，花朵四射，汗透浹背，在奶溝裡
流成溪，鐵血腥味瀰漫在天地之間。」[15]

---

[14] 〈我想做一個謙虛的人──答《圖書週刊》陳年問〉，《小說在寫我：
　　莫言演講集》，臺北：麥田出版社，2004年4月，頁134。
[15] 莫言：《豐乳肥臀》，頁1。

（二）堅毅勇敢，自主情慾的女性

《紅高粱》裡的鳳蓮在十六歲時，被貪財的父母許給當地富戶單家的獨子，單家少爺是個痲瘋病人。鳳蓮在迎娶她的轎中傷心哭泣。迎親途中遇上劫匪，但轎夫余占鰲冷靜果斷地制服劫匪，贏得了鳳蓮的心。新婚之夜鳳蓮拒絕與其夫圓房。後來在回娘家的途中，余占鰲途中攔截鳳蓮，並在高粱地裡與無意抗拒的鳳蓮相好。之後，余占鰲為奪鳳蓮而殺掉單家父子，鳳蓮成了當家的人，兩人光明正大地來往，並生下了豆官。

還有《豐乳肥臀》裡的四姊上官想弟在生活最困難時，為了救全家，自願賣進妓院；《紅樹林》裡的林嵐一生為性問題困擾，似飛蛾撲火為了性愛而生，也為性愛而死；〈白狗鞦韆架〉裡生了三個啞巴的「暖」主動要求「我」和她生一個會說話的孩子；〈愛情故事〉裡的何麗萍忠於自我的情慾需求，對於小她十歲的男子的求歡勇敢迎接，並產下雙胞胎。

這些女性都豐富了中國當代小說的女性人物畫廊。

四、獨特的敘事觀點

《紅高粱》敘述視角的獨創性，造就其特殊面貌的成功意義。莫言曾表示他對《紅高粱》比較滿意之處是小說的敘述視角：「《紅高粱》一開頭就是『我奶奶』、『我爺爺』，既是第一人稱視角又是全知的視角。寫到『我』的時候是第一人稱，一寫到『我奶奶』，就站到了『我奶奶』的角度，她的內心世界可以很直接地表達出來，敘述起來非常方便。這就比簡單的第一人

稱視角要豐富得多開闊得多，這在當時也許是一個創新。」[16]小說在敘事人稱上，第一人稱和第三人稱疊合在一起，以嶄新的人稱敘事視角，製造出一個新的敘述天地。莫言認為這樣的寫作方式「打通了歷史與現代之間的障礙」。[17]

　　而《天堂蒜薹之歌》則是用三個不同的視角——民間藝人瞎子、作家全知視角以及官方視角，講述事件的整個過程；又《十三步》更是複雜而特別，把漢語的人稱——我、你、他、我們、你們、他們與它們，轉換變化全都使用；還有《檀香刑》中有大量的第一人稱的獨白，就像寫到大清朝的第一把劊子手——趙甲的獨白時，就必須變成趙甲，跟著趙甲的思維去走。

五、歷史時空跨度大，從中論「人性」也關注　「命運前途」

　　莫言出身於底層，在飢餓和孤獨中成長的人，見多了人間的苦難和不公平，心中充滿了對人類的同情和對不平等社會的憤怒，所以能寫出那樣深刻的作品。

　　莫言說：「一個有良心有抱負的作家，他應該站得更高一些，看得更遠一些。他應該站在人類的立場上進行他的寫作，他應該為人類的前途焦慮或是擔憂，他苦苦思索的應該是人類的命運，他應該把自己的創作提升到哲學的高度，只有這樣的寫作才

16　莫言：〈我為什麼要寫《紅高粱家族》〉，《羊城晚報》，2012年10月16日。
17　〈作為老百姓寫作——在蘇州大學演講〉，《小說在寫我：莫言演講集》，臺北：麥田出版社，2004年4月，頁107。

是有價值的。一個作家，如果把自己的注意力放在研究政治的和
經濟的歷史上，那勢必會使自己的小說誤入歧途，作家應該關注
的，始終都是人的命運和遭際，以及在動盪的社會中人類感情的
變異和人類理性的迷失。」[18]

　　莫言在《紅高粱家族》藉由抗日戰爭時期的事情，提示對歷
史和愛情的看法，想要表達的是「戰爭對人的靈魂扭曲或者人性
在戰爭中的變異」[19]；《十三步》則有著對知識分子生存狀態的
深切關注，具有強烈的社會意義；而在《天堂蒜薹之歌》和《酒
國》中，前者表現了對農民的同情與政治的批判，後者則表現對
腐敗官僚的痛恨以及對人們墮落的惋惜。在這些作品中都寄寓其
對美好生活的嚮往。

　　在莫言的小說藝術世界裡，蘊含著深層的歷史時空觀與縱橫
的生命觀，不論是在小說題材、主題、內容以及人物刻劃上，都
是值得深入探究的。

---

[18]　〈我的《豐乳肥臀》——在哥倫比亞大學的演講〉，《小說在寫我：莫
　　言演講集》，臺北：麥田出版社，2004年4月，頁54。
[19]　〈我為什麼要寫《紅高粱家族》——在《檢察日報》通訊員學習班上的
　　講話〉，《小說在寫我：莫言演講集》，臺北：麥田出版社，2004年4
　　月，頁10。

因果報應：
蘇童小說的教化意義

一、前言

　　蘇童，本名童忠貴，江蘇蘇州人，因為生在蘇州，所以筆名取為「蘇童」，中國當代先鋒派新寫實主義代表人物之一。

　　1984年，北京師範大學中文系畢業後到南京工作，曾擔任南京《鐘山》雜誌編輯，後為中國作家協會江蘇分會駐會專業作家。1987年發表成名作〈一九三四年的逃亡〉，與余華、格非被評論家列為「先鋒派」小說家。以客觀平靜的筆調敘述故事，盡量不帶主觀情感是其作品的特點。

　　2005年，蘇童成為首位被邀請加入「重述神話」全球出版項目的中國作家。論及中國神話，蘇童相當興奮地表示：「中國神話不貧乏，而是相當的豐富。中國的神話與西方神話不同，它凝聚著一種東方理念，比如相信因果報應，透出一種簡單的樂觀的人性。」[20]從小受到古典文學洗禮的蘇童，相信經典中的「因果報應說」必然在無形中內化並浸淫著他的作品。

　　關於「因果報應」，佛教《三世因果經》主要講：一、人的命是自己造就的；二、怎樣為自己造一個好命；三、行善積德與行兇作惡幹壞事的因果迴圈報應規律。[21]

---

[20]　徐穎：〈 "百萬版稅"砸向作家蘇童〉，《新聞晨報》，2005年4月21日。
[21]　百度百科：http://baike.baidu.com/view/194371.htm。

　　蘇童的〈罌粟之家〉和〈一九三四年的逃亡〉都藉由女人之間的內訌、兄弟之間的鬩牆殘殺以及血源紊亂不倫的頹唐家族史，不但凸顯了弱肉強食與地位階級的問題，地主形象的敗壞與權勢的沒落，也從中暗喻了「因果報應」的主題意義；而〈妻妾成群〉也藉由一個大家族中一夫多妻的不平權爭鬥與女人間的為難，論及對後代性別價值觀的影響。

　　本文將就蘇童以上三篇小說加以研析並探究其因果報應的主題闡釋，並總結小說反映現實人生的「教化」意義。

二、善惡果報：多行不義必自斃

　　《涅槃經》講因果報應有三種形式，都分有福報和禍報：一是現報，現作善惡之報，現受苦樂之報；二是生報，前生作業今生報，或今生作業來生報；三是速報，眼前作業，目下受報。[22]

　　在本文所要探究的三篇小說都屬第一種的「現報」，分以下三種加以說明。

（一）上梁不正下梁歪

　　〈罌粟之家〉裡的劉老太爺尚未暴斃前，翠花花是他的姨太太。

　　翠花花早先是城裡的小妓女，劉家老太爺的二兒子——劉老信，牽著她的手從楓楊樹村子經過時，翠花花還是個濃妝粉黛、蹦蹦跳跳的女孩。那一年，劉老太爺在大宅裡慶祝六十誕辰，

---

[22]　百度百科：http://baike.baidu.com/view/194371.htm。

劉老信掏遍口袋湊不夠一分禮錢，就把翠花花送給他父親當作厚禮。

然而，當翠花花一成人，劉家老太爺的大兒子——劉老俠，就和翠花花在野地媾合生下了一個白癡兒子叫「演義」。在演義之前，劉老俠的四個孩子都是畸形兒，都被棄於河水中漂走了。演義是荒亂年月中唯一生存下來的孩子。鄉間對劉老俠的生殖能力有一種說法，說他年輕時太過風流，總在月黑風高的野地夜晚交媾，他血氣旺極而亂，血亂沒有好子孫。

蘇童極力書寫劉家的「亂倫」情狀，致使劉老太爺及其兩個兒子都沒有好下場。

（二）禍及子孫

〈罌粟之家〉裡的兄弟鬩牆，也是經典的父輩留下家產，殃及子孫的經典橋段。

劉老俠的弟弟劉老信，是早年聞名楓楊樹鄉村的浪蕩子，他到陌生的都市，妄想踩出土地以外的發財之路，結果一事無成，只染上滿身的梅毒大瘡。搭上販鹽船回鄉時，劉老信一貧如洗。

他倆兄弟的最後一筆買賣是在城裡妓院辦完的。販鹽船路過楓楊樹給劉老俠捎話：「劉老信快爛光了，劉老信還有一畝墳地可以典賣。」劉老俠趕到城裡妓院時，見到躺在一堆垃圾旁的弟弟渾身腐爛。劉老信對哥哥說：「把我的墳地給你，送我回家吧。」劉老俠接過地契說：「畫個押我們就走。」劉老俠抓過劉老信潰爛的手指摁到地契上，沒用紅泥，用的是膿血。劉老俠花了十塊大洋買下了劉老信的墳地，那是一塊向陽的坡地。劉老俠背著劉老信找到那隻販鹽船後把他扔上船，一切就結束了，劉家

的血系脈絡由兩支併攏成了一支，左岸的所有土地都匯入劉老俠的手裡。

回到家的劉老信常對演義說：「你爹害死了我爹，搶了翠花花做你娘。」「你們一家沒個好東西，遲早我要放火，大家都別過。」然而，劉老信縱火未成，反被燒死了。

1949年前，大約有一千名楓楊樹人幫地主劉老俠種植水稻與罌粟，佃農租地繳糧，劉老俠賃地而沽。

視錢如命的劉老俠還為了得到三百畝地而把他的女兒劉素子嫁給一個駝背老闆。他告訴女兒：「三百畝地不是恥辱，是咱們的光榮，爹沒白養妳一場。」劉素子笑說：「爹，那三百畝地會讓水淹沒，讓雷打散，三百畝地會在你手上沉下去的，你等著吧，那也是命。」[23]劉素子果然一語成讖，他們最後都自我了斷了自己悲慘的餘命。

翠花花這個不起眼的低下女人，先後跟過劉家父子三人，生下演義後，接著又以其旺盛的生命力和英俊年輕的長工陳茂生下一個男孩。劉老俠將他取名為「劉沉草」，還把他視如己出，收為自己的兒子。

沉草從來不相信白癡演義會是他的哥哥。有一天，沉草意外失手殺了演義，劉老俠抱住沉草，對他說：「沉草別怕，演義要殺你，你才把他殺了，這是命。」[24]

沉草覺得奇怪，父親總說陳茂是壞種，可卻總是留他在家裡惹事生非。陳茂其實有幾次已經走了，卻又還是回來。主要因為陳茂可以從滿足翠花花和自己的性需求後得到食物。

---

[23] 蘇童：《紅粉》，臺北：遠流出版社，2001年，頁101。
[24] 蘇童：《紅粉》，頁99。

在劉老俠三十七歲時，種了第一畝罌粟，就開始在妓院販賣白粉。於是，劉家的罌粟從黑道上來，到黑道上去。

從縣裡學成的沉草回家後半年，遇到了他成了土匪的以前私塾同學，叫姜龍。姜龍綁架了沉草，經過和劉老俠的談判，劉老俠答應姜龍的要求——要糧食也要女人：「米夠吃了。我要你家的人，不給兒子給閨女也行。」「你閨女，劉素子。我要跟你閨女睡，三天三夜，完了就放她下山。」[25]劫後的劉素子回家後泡在大鐵鍋裡洗澡，她一邊洗一邊哭，洗了三天三夜。

1948年，劉老俠將劉家的家業交棒給劉沉草。劉沉草把他的土地交給別人，秋後他只要一半收成，各得其所。

這一年收罌粟的人沒有來。陳茂從馬橋鎮帶來了解放的消息。解放了，收罌粟的人不會來了。

陳茂闖進劉家說他要跟共產黨，不幫他們幹活了。劉老俠卻下令給賞一袋米，找人把陳茂給活捉捆吊到梁上。隔天，劉沉草的老同學——盧方的工作隊救下了陳茂。盧方從陳茂的臉部輪廓一眼就能分辨出沉草的影子。

沉草開始吞白粉，他的膚色蠟黃，遠看和他父親一樣蒼老。

陳茂在那一年成為楓楊樹的農會主任，他在楓楊樹鄉村奔走呼號，要鄉親們一起鬥倒財主劉老俠！

劉老俠準備花錢請土匪姜龍下山，幫他殺了盧方和陳茂，但後來才知道姜龍也走了。

1950年春天，三千名楓楊樹人參加了地主劉老俠的鬥爭會。劉老俠在被批鬥時，向工作隊的同志們交代說：「我對不起祖

---

[25] 蘇童：《紅粉》，頁115-116。

宗，我沒操出個好兒子來。」「怪我心慈手軟，我早就該把那條狗幹掉了。」[26]盧方知道劉老俠說的狗就是陳茂。

這天天氣很怪，早晨日頭很好，但正午時分天突然暗下來，好多人在看天。在準備當眾焚燒劉家的大堆地契帳本時，風突然來了，吹熄了盧方手裡的汽油打火機。風突然把那些枯黃的地契帳單捲到了半空中，捲到人的頭頂上。三千名楓楊樹人屏息凝望，大家在混亂中將所有的地契帳本掖在懷裡了，像掖著土地一樣心滿意足，盧方最後就讓他們全帶回家了。

劉老俠安排沉草出逃，還讓他帶著槍防身。盧方和工作隊一路追到沉草，沉草將身上的包裹迅速往山崖下推，盧方猜他把劉家的金銀財寶都推到深澗裡去了。

有人給陳茂提親，但陳茂誰都不要，他只要劉素子。陳茂強暴了劉素子，還讓她意外懷孕了，之後，劉素子自殺了。

為了替自縊而死的劉素子報仇，沉草最後終於開槍打死了他的親生父親——陳茂。沉草展開逃亡，盧方帶著人搜尋兇手沉草，但找不到人影。當盧方的人馬回到楓楊樹已是天黑時分，遠遠的就聽見整個鄉村處在前所未有的騷亂聲中。此時，盧方目睹了驚心動魄的一幕——劉老俠將陳茂的屍體重新吊到了蓑草亭子的木梁上，地上還有劉素子的屍體，劉老俠在那座象徵劉家偉傲性史的蓑草亭中引火自焚，燒死自己與翠花花，連被捆綁於梁子上的陳茂也一起陪葬。

終於在1950年冬天，劉沉草在罌粟缸裡被擊斃了。

再看〈妻妾成群〉裡的飛浦是家中的長子，從小看多了父親

---

[26] 蘇童：《紅粉》，頁141。

的妻妾間的爭寵，造成了他「怕女人」的性格，他覺得「女人真是讓人可怕」，這和他父親形成強烈的對比，極具諷刺意涵。

飛浦介紹絲綢大王顧家的三公子給頌蓮認識。他們從小就認識，在一個學堂念書，很要好，好到兩人手拉手走路，這令頌蓮感到古怪。

頌蓮生日那天，飛浦正好回家陪她一起喝酒祝壽，他說起菸草生意，自嘲不是做生意的料子，賠了不少錢。小說裡有一段相當細膩的頌蓮內心對飛浦的情慾糾纏。後來，飛浦抬起了頭，他凝視頌蓮眼裡的澎湃。飛浦一動不動。頌蓮閉上眼睛，她聽見呼吸紊亂不堪，她把雙腿完全靠緊了飛浦，等待著發生什麼事情。但飛浦縮回了膝蓋——

> 他像被擊垮似地歪在椅背上，沙啞地說，這樣不好。頌蓮如夢初醒，她囁嚅著，什麼不好？飛浦把雙手慢慢地舉起來，作了一個揖，不行，我還是怕。他說話時臉痛苦地扭曲了。我還是怕女人。女人太可怕。頌蓮說，我聽不懂你的話。飛浦就用手搓著臉說，頌蓮我喜歡妳，我不騙妳。頌蓮說，你喜歡我卻這樣待我。飛浦幾乎是哽咽了，他搖著頭，眼睛始終躲避著頌蓮，我沒法改變了，老天懲罰我，陳家世代男人都好女色，輪到我不行了，我從小就覺得女人可怕，我怕女人。特別是家裡的女人都讓我害怕。只有妳我不怕，可是我還是不行，妳懂嗎？[27]

————————————————
[27] 蘇童：《妻妾成群》，頁222。

頌蓮才剛萌芽的自主情慾的思緒，一下子就被推向了地獄。作者有意藉由飛浦偏於愛戀同性，而將所謂的「因果」關係，提示給讀者思考。

（三）不得善終

除了〈罌粟之家〉裡劉家父子和其後輩的悲劇下場外，在〈一九三四年的逃亡〉裡也有兩個不得善終的男人──不負責任的丈夫陳寶年和財主陳文治，這兩人下場都不得善終，陳文治甚至絕子絕孫。

陳寶年十八歲時娶了蔣氏，婚後七天就離家到城裡謀生。他在這座城市裡吃喝嫖賭、吸白粉，完全不顧妻小的生活。懷胎七個月的蔣氏帶著他的大兒子──狗崽──在陳文治家當長工辛苦地過日子。發跡後的陳寶年，城裡人都認陳記竹器鋪的牌子，但直到蔣氏肚子裡的兒子落地，她都沒有收到陳寶年從城裡捎來的錢。

小瞎子出身奇苦，是妓院的棄嬰。陳寶年每每從城南堂子出來，就上了小瞎子的黃包車。後來，小瞎子投奔陳寶年拜師學藝，很快就成為陳寶年第一心腹徒兒。

陳寶年包養了一個女人環子後，就接狗崽和他一起生活。

有一次，狗崽意外見到父親和環子的情事，小瞎子教導狗崽，要他就看個稀奇，千萬別喊。但是狗崽趴在門板上突然尖厲地連喊起「環子」的名，狗崽喊著從門上跌下來，被陳寶年揪進了房裡。

冬天，狗崽得了傷寒，病臥中奄奄一息，陳寶年問狗崽想要什麼？狗崽突然哽咽喊著他快死了……他要女人……要環子！陳

寶年最後對兒子說他要把環子給他，只要他活下去環子就是他的媳婦了。可是當天下午狗崽就不行了。

陳寶年把懷了孕的環子丟回家給蔣氏照顧。懷孕的環子和蔣氏的二兒子特別有緣。在等待分娩的冬天裡，環子從蔣氏手裡接過了一碗又一碗酸菜湯，一飲而盡。

三個月後，環子捧了一跤流產了，但她懷疑是蔣氏不知給她吃了甚麼，算計弄死她的孩子。當兩個女人起了爭執時，蔣氏終於勃然發怒，把環子推到了草鋪上，然後又撲上去揪住環子的頭髮；「妳這條城裡的母狗，妳這個賤貨，妳憑什麼到我家來給陳寶年狗日的生孩子。」蔣氏的灰暗的眼睛一半是流淚的，另一半卻燃起博大的仇恨火焰。她在和環子廝打的過程中，斷斷續續地告訴環子：「我不能讓妳把孩子生下來……我有六個孩子生下來長大了都死了……死在娘胎裡比生下來好……我在酸菜湯裡放了髒東西，我不告訴妳是什麼髒東西……妳不知道我多麼恨你們……」[28]

環子離家時擄走了蔣氏搖籃裡的兒子，她把孩子作為一種補償帶走了。蔣氏追蹤環子和她的兒子追了一個冬天，足跡延伸到長江邊才停止。

1934年歲末，陳寶年從妓院出來，有人躲在一座木樓頂上向陳寶年傾倒了三盤涼水。陳寶年被襲擊後，往他的店鋪拚命奔跑，他想跑出一身汗來，但回到店裡時渾身結滿了冰，就此落下暗病。年底喪命，死前緊握祖傳的大頭竹刀。陳記竹器店主就此換了小瞎子。城南的妓院中漏出消息說，倒那三盆涼水的人就是

---

[28]　蘇童：《妻妾成群》，臺北：遠流出版社，1990年9月，頁73-74。

小瞎子。

陳寶年到死也沒料到他所提拔的小瞎子竟然恩將仇報,這應該也是作者刻意的安排——害人者人恆害之。

還有,作惡多端的大財主陳文治,覬覦蔣氏已久,在收割季節裡,他精神亢奮,每天吞食大量白粉,不但藉由望遠鏡追逐著在農作的蔣氏並想方設法想占有她,還性侵犯不解事的狗崽。

陳文治他們家祖孫數代幾乎早夭,都只活到四十歲上下。大家都認為是耽於酒色的報應,因為他們幾乎壟斷了近兩百年他們家鄉的美女。像是陳寶年曾把他妹妹嫁給陳文治當小妾,換了十畝水田。兩年生下三名長相畸形的男嬰,先後都死了。

三、結語

小說的主要功能,是娛樂、教化大眾,小說在人們精神生活中的位置舉足輕重,只要人們對於精神生活有所需求,文學就會永遠存在,小說也會永不凋朽。小說的終極關懷是傳播真理,可見其文以載道的道德功能。而小說所宣揚「因果報應」的功能更可由此現出。

在蘇童的〈罌粟之家〉、〈一九三四年的逃亡〉和〈妻妾成群〉中,不但宣揚「淫人之妻者,人亦淫其妻」的天道報應循環,也諷勸世人「為人應為善、莫為惡」。

蘇童的小說以「因果報應說」構架整個故事;或是借「因果報應說」懲惡揚善,勸誡讀者,讓文章有著向善的功能;也經由情節的設計,牽動人們心底最深層的善念,在他的故事中,處處透露著希望能以故事教化人心的訊息,含有警世意味。

　　總之，透過蘇童小說主題的呈現，我們認知到小說具有重要
功能之一，就是可以讓我們吸取經驗，內化自我。

論蘇童小說的女性命運描寫

一、前言

蘇童，中國當代先鋒派新寫實主義代表人物之一。

1987年發表成名作〈一九三四年的逃亡〉，與余華、格非被評論家列為「先鋒派」小說家。以客觀平靜的筆調敘述故事，盡量不帶主觀情感是其作品的特點。

然而，讓他在文壇上大紅大紫的，卻是他一系列寫實風格的女性小說，他擅於講述舊時代的女性故事，在廣大的歷史環境背景下，宏觀掌握女性的個人與群體命運，以其細膩敏感而晦暗的心理描寫，刻劃女性微妙的內心變化。令人驚嘆，小說《米》、《紅粉》先後被搬上銀幕，尤其是獲得《小說月報》1991年第四屆百花獎的〈妻妾成群〉，後由張藝謀改編為電影《大紅燈籠高高掛》，獲奧斯卡外語提名獎，得到威尼斯電影節大獎；《婦女生活》也被改編為電影《茉莉花開》，獲得了上海國際電影節金獎。其他作品還有《我的帝王生涯》、《城北地帶》、《刺青時代》、《天使的糧食》、《菩薩蠻》、《我丈夫是幹什麼的》與《河岸》等，多部作品翻譯成英、法、德、義等多種文字。

2009年11月，蘇童以《河岸》贏得亞洲文壇最高榮譽的大獎——「曼氏亞洲文學獎」，是中國作家中獲此殊榮的第二位。

本文將從四個方面——認命於傳統父權的安排、找尋長期飯票、在情感上依附男人以及企圖掙脫傳統制約,深入研析並探究蘇童小說中對女性命運的描寫,期能提供蘇童小說與女性文學研究相關之參考資料。

二、認命於傳統父權的安排

經過長期的歷史過程的累積,男權文化將女性物化,視為其私有財產,而女性自己也在不自覺中理所當然地接受其不公平的使命,這種集體無意識讓女性毫無選擇地完全服從於封建既定的家庭秩序,認定她們是第二性,是男性的附庸,必須依靠男性而活,加以傳統的禮教規範與貞操觀念,牢牢地約制著女性的自我認知。

〈一九三四年的逃亡〉中的鳳子聽從哥哥陳寶年的安排,嫁給大地主陳文治,換得了十畝水田;〈罌粟之家〉中的大地主劉老俠,為了擴大土地所有,劉老俠把他的獨生女劉素子嫁給駝背老闆得到了三百畝地。劉老俠告訴劉素子:「三百畝地不是恥辱,是咱們的光榮,爹沒白養你一場。」

〈妻妾成群〉裡頌蓮的父親在她大學一年級時,因為經營的茶廠倒閉割腕自殺。她是個實際的女孩,父親一死,就很清楚必須自己負責自己了,她冷靜地預想未來的生活。所以當繼母來攤牌,讓她在做工和嫁人兩條路作出選擇時,兩人有了以下的對話——

　　她淡然地回答說,當然嫁人。繼母又問,你想嫁個一般人

家還是有錢人家？頌蓮說，當然有錢人家，這還用問？繼
母說，那不一樣，去有錢人家是做小。頌蓮說，什麼叫做
小？繼母考慮了一下，說，就是做妾，名份是委屈了點。
頌蓮冷笑了一聲，名份是什麼？名份是我這樣人考慮的
嗎？反正我交給你賣了，你要是顧及父親的情義，就把我
賣個好主吧。[29]

父親死了，頌蓮的繼母承繼著父親的權威給她兩條路選擇，
頌蓮只能認命接受。

還有〈一九三四年的逃亡〉裡的陳寶年十八歲時娶了蔣氏，
婚後七天就離家到城裡謀生。陳寶年一直在城裡吃喝嫖賭，完全
不顧妻小的生活。懷胎七個月的蔣氏還得帶著她的大兒子辛苦賺
錢過日子。之後，陳寶年還把他在城裡包養的懷了孕的環子丟回
家給蔣氏照顧。這兩個苦命的女人也只能認命接受陳寶年的安排。

在這些小說中都體現了傳統早期鄉村的舊時代女性在家族裡
的卑下地位，以及艱辛與苦難的生存現況。

三、找尋長期飯票

〈婦女生活〉裡的嫻是個不安分的女孩，當已婚的孟老闆出
現在她家的照相館，為她拍了張照片登在《明星》畫報上時，她
已經成為孟老闆的電影公司的合同演員，投身於她夢寐以求的電
影業。

---

[29] 蘇童：《妻妾成群》，臺北：遠流出版社，1990年9月，頁167-168。

搬離家的嫻與孟老闆關係飛速發展，她住進了孟老闆為她準備的公寓。嫻喜歡爭逐名利，她樂於被孟老闆豢養，錯以為她找到了一張穩固的長期飯票。

〈妻妾成群〉裡的頌蓮不願做工，選擇嫁給人家當四房，也是因為對方是大戶人家可以給她安穩的經濟生活。就如陳佐千對頌蓮所說的：「女人都想跟有錢人。」[30]在那個多數沒有愛情，只有交換利益婚姻的時代，這是具有權威男性的普遍認知。還有〈紅粉〉裡走投無路的妓女秋儀去投靠她的恩客——老浦——也是希望能取得後半生的保障。

四、在情感上依附男人

蘇童的小說也關注女性的情感需求。長久以來由於父系社會掌權以及私有財產制的產生，傳統的女性在這些制度的束縛與要求下完全沒有自我，她們全然為男人而活，尤其在情感上對男人有著強烈的依附。

〈婦女生活〉故事講述了四代女性的生命故事，母女間因為自己的愛情彼此折磨、相互仇恨，死死綑綁住她們的不全是男權封建社會，而是她們在自我宿命的困境中掙脫不出來，在情感上無法獨立，只能視所愛的男人為天，一旦其男人的情感消退，她們便也走向毀滅。

嫻為了孟老闆離家，後來，意外懷孕了，孟老闆安排她去進行墮胎手術，但十八歲的嫻怕痛不敢做手術，還錯誤地幻想等

---

[30]　蘇童：《妻妾成群》，頁175。

孩子降生後,孟老闆對她的態度會重新好轉。之後,日本人進了城。孟老闆捲走全部股金逃到了香港。嫻也被迫離開了那座豪華公寓,走投無路只能回家。回家後,經常和已經有了情人的母親惡言相向。後來,嫻在母親的情人身上找到了孟老闆的影子,她並不拒絕他的親密關係,當嫻的母親發現後,全身心投入這段感情的母親為此自殺了。

嫻把她對人生的怨恨加諸給她的女兒——芝,母女的關係很疏離,嫻總怨恨芝從不把她當母親看,早知道如此,當初就做人工流產,咬咬牙也就挺過去了,她很後悔,那時為什麼要從醫院逃走?芝認為嫻把她生下來,就是為了承擔她的悲劇命運。芝從小就感到不安,小時候,有個醫生經常到家裡來,他一來,母親就把她帶到另外的房間睡覺,她被母親反鎖在屋子裡,一個人在黑暗中害怕極了,她光著腳跑去母親那兒敲門,門始終不開。

芝遇到鄒傑後,嫻因為鄒傑的經濟條件極力反對,但芝還是愛情第一,義無反顧和鄒傑結婚。婚後,果然因為住房條件還是搬回了娘家住。

後來,鄒傑主動回到娘家和芝同住。鄒傑分擔了很多力氣活,嫻經常誇獎鄒傑能幹,也感慨年輕時怎麼就碰不到這樣的好男人?之後,芝發現母親常躲在門口偷聽他們夫妻倆的動靜,隔天,她就將氣窗玻璃用報紙蒙上,對於母親,心裡有更強烈的厭惡。

嫻的老相好黃醫生的妻子去年得敗血症死了,她告訴芝,黃醫生現在住宿舍,他要是來的話,她和鄒傑就得搬出去。孰料,嫻的期待落了空,黃醫生和一個護士有染,嫻又陷入被背叛的情傷。

芝本想用孩子來套住鄒傑，但她的輸卵管阻塞無法生育，鄒傑卻不在意，認為有無小孩都一樣。但芝長期的自怨自哀讓鄒傑感到相當厭煩。芝在吞藥自殺獲救後，擔心失去鄒傑的愛，便將唯一的精力都用在對他的嚴密控制下。

醫生認為芝患了憂鬱症。鄒傑便去領養了一個棄嬰，也許芝的病會好起來。鄒傑給女嬰取名為「簫」，但由於芝原想要的是一個兒子，因此芝對簫是厭惡的；唯一在意簫的只有養父鄒傑，但鄒傑對她的感情卻揉雜了情慾。簫十四歲那年，鄒傑上了簫的床，簫在掙扎之餘，被芝發現了。隔天，鄒傑臥軌了。芝的憂鬱症更加嚴重，每週總在固定時間到鐵路道口祭奠鄒傑的亡靈。

在這樣的畸形家庭中長大的簫，與人的互動是冷酷而無情的，因為長期在物質和精神上沒有安全感，也和外遇的丈夫關係惡劣。

〈紅粉〉單親媽媽小萼做了一年寡婦，就傳出她和房東先生私通，後來被房東太太趕走後，她去找她的姊妹淘秋儀。小萼說，她本來下決心不嫁人的，只想把兒子撫養成人，可是沒辦法，她還是想要男人。第二年，小萼就跟個北方人走了。這個又黑又壯的男人是來玻璃瓶廠收購小玻璃瓶的，沒想到也把小萼給一起收購走了；另外，還有〈妻妾成群〉裡四位妻妾對陳佐千的愛的爭奪較勁，也是在情感上的強烈依附的表現。

五、企圖掙脫傳統制約

在蘇童筆下也有幾個處於新舊交替時期，經常為著思想上的衝突和矛盾而困擾的女性，她們勇敢地走出封建家門和傳統戰

門，可是又在家門裡外徘徊。這些內心失衡的女性，一方面努力告訴自己必須達到合乎社會傳統的規範，另一方面又在心有不甘的不公平下，渴望追求愛情，因此，痛苦纏身，掙脫不得。

〈妻妾成群〉五十歲的陳佐千第一次去看頌蓮，她閉門不見，從門裡扔出一句話，說要去西餐社見面。陳佐千想畢竟是女學生，很特別的新奇感覺，這是他前三次婚姻從所未有的。頌蓮進到餐廳，在陳佐千對面坐下，從提袋裡掏出一大把小蠟燭，並輕聲地向陳佐千要一個蛋糕。陳佐千看著頌蓮把小蠟燭一根一根地插上去，一共插了十九根。陳佐千問她說今天過生日嗎？頌蓮只是笑笑，後來她把蠟燭點上，又把蠟燭吹滅。她說，提前過生日吧，十九歲過完了。對陳佐千來說，他不僅感到頌蓮身上某種微妙而迷人的力量，更迷戀的是頌蓮在床上的熱情和機敏。難以判斷頌蓮是天性如此，還是曲意奉承，但卻大大滿足了陳佐千，頌蓮倍受寵愛，陳府上下的人都看在眼裡。

頌蓮受過一年大學教育，算是個「新時代女性」，但卻因命運作弄，她選擇走進一個舊家庭，又不願屈服於命運，儘管自覺是舊式婚姻的犧牲品，但又善用其手段爭風吃醋，並以「性」交換陳佐千的歡心。但有時卻拿捏不準老爺的喜好。

陳佐千過五十大壽，頌蓮送給陳佐千一條羊毛圍巾，那是在眾多禮物裡最微薄的。於是頌蓮突然對著陳佐千莞爾一笑──

> 她說，老爺，今天是你的吉辰良日，我積蓄不多，送不出金戒指皮大衣，我再補送老爺一份禮吧。說著頌蓮站起身走到陳佐千跟前，抱住他的脖子，在他臉上親了一下，又親了一下。桌上的人都呆住了，望著陳佐千。

　　　　　陳佐千的臉漲得通紅，他似乎想說什麼，又說不出什
　　　　麼，終於把頌蓮一把推開，厲聲道，眾人面前你放尊重一
　　　　點。[31]

　　陳佐千關在房間裡要求他的女人滿足他的性僻好，但在大庭
廣眾之下他必須維持他的威嚴，豈能容許女人拿去他的掌控權。
　　在陳家只要依循著規定就有好日子可過，但若想有自己的想
法，就會走向悲劇。
　　大少爺飛浦從小看多了父親妻妾間的爭寵，造就他怕女人的
性格。但頌蓮受過教育，年紀和飛浦相當，兩人可以對話，這樣
的情感成了頌蓮的心理寄託。每當飛浦到外地做生意時，頌蓮常
故意和陳佐千問起飛浦，甚至摸著他精瘦的身體，腦子裡倏而想
像的是飛浦躺在被子裡會是什麼樣子？
　　頌蓮生日那天，飛浦正好回家陪她一起喝酒祝壽，他說起菸
草生意，自嘲不是做生意的料子，賠了不少錢。小說裡有一段相
當細膩的頌蓮內心情慾糾纏——

　　　　她看見飛浦現在就坐在對面，他低著頭，年輕的頭髮茂密
　　　烏黑，脖子剛勁傲慢地挺直，而一些暗藍的血管在她的目
　　　光裡微妙地顫動著。頌蓮的心裡很潮濕，一種陌生的慾望
　　　像風一樣灌進身體，她覺得喘不過氣來。……頌蓮看見了
　　　自己修長姣好的雙腿，它們像一道漫坡而下的細沙向下塌
　　　陷，它們溫情而熱烈地靠近目標。這是飛浦的腳，膝蓋，

---

[31] 蘇童：《妻妾成群》，頁 195-196。

　　還有腿，現在她準確地感受了它們的存在。頌蓮的眼神迷
　　離起來，她的嘴唇無力地啟開，蠕動著。
　　她聽見空氣中有一種物質碎裂的聲音，或者這聲音僅僅來
　　自她的身體深處。[32]

　　這些感官「性」意象的明喻或暗喻的描寫，潛入了女性生命
本體，在深層結構上直接表現了女人物質與精神上的兩面，真實
展示了女性的性心理，釋放了女性的性能量，站在女性本位的立
場提示並伸張了女性應有的性權利，無疑對中國女性的傳統文化
性心理的結構，形成一股強大的衝擊。

　　在那個年代，隨波逐流的女人可以繼續安放在她們狹窄的
生活框架中；而像三太太梅珊一樣有自覺意識的女性，在主動追
尋自我存在價值或企圖掙脫命運時得到醒悟，但也因為生不逢
時，所以在二太太卓雲堵到了她和家庭醫師的姦情時，她被扔
到井裡去了。

　　丫頭雁兒也是個叛逆者，也在挑戰權威，敢犯禁忌。

　　雁兒因為陳佐千常對她上下其手，妄想當四太太，但心願卻
落空，因此她對頌蓮總不懷好意。有一次，頌蓮意外發現雁兒房
間裡有個胸口刺著三枚細針寫著她的名字的小布人，逼問下才知
原來幕後的指使者是和她情同姊妹的二太太。

　　之後，雁兒又換了個法子偷偷對頌蓮進行惡咒。頌蓮意外發
現馬桶浮著一張被浸爛的草紙，草紙上有著用黑紅色的不知什麼
血畫的女人。她明白雁兒巴望著她死。她渾身顫抖著把那張草紙

---

[32] 蘇童：《妻妾成群》，頁221-222。

撈起來，無法吞下雁兒再一次對她的詛咒，於是逼著雁兒，把骯髒的草紙吞下。

　　小說裡這幾個違反倫常的叛逆女性，開始自覺到自己存在的價值，她們要擺脫傳統綱常倫理、舊式禮教和習俗的束縛以及家庭制度的壓力，企圖追求個性解放、人身的獨立自由，展現其強烈的反叛性。只是她們最後都是悲劇下場——頌蓮瘋了；梅珊被以私刑處死；雁兒也因吞下骯髒的草紙病死在醫院——她們企圖逃脫，但最終卻還是擺脫不了傳統女性的悲劇命運。

六、結語

　　任一鳴曾提過：「科學研究證明，傳統女性意識的形成和人類自身的生產及由此而來的女性的歷史境遇相關。有史以來，女性就承擔了包括撫養子女的全部勞動在內的『自身生產』的重任，而日後女性傳統地位失勢的『世界性失敗』，則又從兩方面影響女性心理的形成；一方面，父權制和私有財產的產生，使女性的自然屬性成為被奴役的對象，女性日益淪為生育的工具和家庭的奴隸，生活視野狹隘；另一方面，因為被社會活動完全排斥，能力得不到施展，精神無所依託的苦悶，也使女性自覺或不自覺地在家庭生活和感情生活中全力『拋出』與『實現』自己，從而又深化構築了女性的心理結構。」[33]這段話正好見出蘇童筆下女性的成長軌跡。

---

[33] 任一鳴：《中國女性文學的現代衍進》，香港：青文書屋，1997年6月，頁25。

　　蘇童在其小說中，極度展現了悲憐而殘缺的女性地位與命運，其藉由女性角色所展現的命運，提供給我們的反省是：

一、在傳統家庭中，父親角色缺席，僅母女的單親關係，女性很容易在不自覺中，以非理性的「感性」特徵，把自己所承受的悲劇傷痛，變本加厲地將其痛苦「遺傳」轉嫁給下一代，這種類似「變態」的行徑是必須時刻提醒與杜絕的。

二、沒有自信、瞧不起自己，只相信宿命的人，幸福是會遠走高飛的，要想找到逃離困境的出路，只能靠自己才能自救。

三、女性要認清情感上的弱點，現實生活中近乎病態的占有欲，實際上是更深層的人身依附，只會讓對方更感厭惡，更想遠離。

四、堅忍勇敢、敢愛敢恨的女性要相信命運是掌握在自己的手裡，唯有自尊自重，才能得到別人的尊重，創造自己所嚮往的人生。

苦難的荒誕書寫：
從余華的《活著》到《許三觀賣血記》

一、前言

　　余華，是中國大陸當代知名的小說家之一，從1984年發表小說以來，其作品在形式和內容上，都對當代中國小說展現了挑戰的創新，是大陸先鋒派小說的代表。其作品已被翻譯成二十多種語言，在外國出版。

　　余華的父母是醫生，從小住家就在醫院的太平間附近，小時候就經常聽到有人在哭送親人，面對生死的場面，使得他比一般人更早領悟生死的痛苦與問題。曾當過牙醫，五年後棄醫從文，在他的許多作品中都見到描寫生死的主題。由於特殊的生活經歷，其每個階段的創作中都充斥著對人性的慾望、荒誕無奈的悲慘描述。

　　余華《活著》於1994年獲《中國時報》十本好書獎、香港「博益」十五本好書獎；1998年榮獲義大利「格林札納‧卡佛文學獎」的最高獎項；2002年獲世界華文「冰心文學獎」、入選香港《亞洲週刊》評選的「二十世紀中文小說百年百強」。

　　2005年8月29日，余華到新加坡國家圖書館和讀者暢談《活著》及現實生活對其創作的影響時，表示：《活著》講述的是一個人和命運及生命的關係，講述中國人這幾十年是如何熬過來的。而這個小說題目是一次午睡時突然想起的，他認為「活著」這個

詞充滿力量，不是喊叫，也不是進攻，而是忍受，去忍受生命賦予我們的責任，去忍受現實給予我們的幸福和苦難、無聊和平庸。

《活著》裡年輕時的福貴，吃喝嫖賭無所不為，不知為何而活。之後敗光家產輸給龍二，成了農民，結果龍二卻在「土改」中被當成地主給槍斃了，龍二在死前對福貴喊說：「我是替你去死啊！」後來，福貴覺悟要浪子回頭，卻又和春生被抓了當壯丁，參加解放軍。之後回家成了農民和家人團聚，卻遇上文革的苦難，然已當上了縣長的春生卻被打入走資派，福貴卻活得好好的。當他開始領悟活著的意義時，老天卻跟他開玩笑，讓他承受荒謬而痛苦的人生，一一送走身邊所有親人。

《許三觀賣血記》也被評選為「90年代最有影響的十部作品」，也是「二十世紀中文小說一百強」的五百多本評選書目之一。

余華的苦難書寫依舊在小說中「荒誕」演出。許三觀為了應付接踵而來的人生苦難，只能靠著賣血幫助家人度過一關關的苦難考驗，賣血是他帶領家人生存下去的唯一手段，那令他感到自豪，但他的好友根龍卻是因為過度賣血而死；文革時期，孩子批鬥母親的荒謬場景，也體現了苦難中的黑色幽默。

近期的長篇小說《兄弟》更被瑞士《時報》評選為2000年至2010年全球最重要的十五部小說。

《兄弟》裡還是清晰地呈現著余華一貫的荒誕意識。李蘭的丈夫意外身亡，她先是因禍得福，後來卻又因福得禍；李光頭偷看女人臀部沒受到懲罰，卻還意外賺到很多碗三鮮麵；批鬥別人的孫偉，他的父親最終卻被他人批鬥而死。宋鋼是個正直的好人，卻受到友情和愛情的背叛，不得善終，臥軌自殺；而背叛兄

弟，偷雞取巧的李光頭，卻在世俗的認定標準算是成功了。

在「維基百科」中解釋：

《簡明牛津詞典》對「荒誕」（absurd）的定義是指：音樂
不和諧；

當代的用法是：缺乏理性或恰當性的和諧；

而在《企鵝戲劇詞典》中把荒誕的本質定為「人與環境之間
失去和諧後生存的無目的性」；

在存在主義中用來形容生命無意義、矛盾的、失序的狀態。

本文就要從余華的三部長篇代表作小說——《活著》、《許
三觀賣血記》和《兄弟》論其內容中所呈現的苦難的荒誕書寫。

二、不可理喻的荒誕人生

叔本華說：「人既然存在就不得不存在，既然活著，他就不
得不活，就是這樣，人生實是一種無可奈何的事。」[34]余華似乎
是肯定了這樣的說法，「從某種意義上說，先鋒作家是以一種極
端主觀化的哲學方式，表達自己內心對人的生命形態和精神處境
的純主觀判斷。」[35]因此，余華在其著力探究的苦難人生的主題
中，以嘲諷誇張的方式揭露人生的荒謬無解。

《活著》的故事背景被擺在中國最動盪的年代——國共內
戰、土地改革、大躍進和文革——並且藉小說中的人物寫出當時
中國人最困苦難堪的日子。

就在敗家子福貴變成落拓窮農戶，以為只要在窮困中努力耕

---

[34] 叔本華：《人生的智慧》，上海：上海譯文出版社，2001年，頁95。
[35] 洪治綱：〈先鋒文學的苦難原理〉，《小說評》，2000年，第4期，頁23。

作，知足地和家人過日子就都好時，他的獨子卻在捐血時，失血
過多而死。

當時所有人都想為校長捐血，但只有有慶符合血型，有慶
就高興大喊他要抽血了。抽血時有慶說他頭暈。但抽血的人對他
說：「抽血都頭暈。」有慶的血差不多都被抽乾了，抽血的人還
是不住手，直到有慶摔到地上，那人才慌了，醫生也沒怎麼當回
事，只是罵了一聲抽血的人。傍晚收工前，有慶的同學找到福
貴，說有慶快死了！當福貴趕到城裡醫院時——

> 我心裡咚咚跳著走過去問：「醫生，我兒子還活著嗎？」
> 醫生抬起頭來看了我很久，才問：「你是說徐有慶？」我
> 急忙點點頭，醫生又問：「你有幾個兒子？」我的腿馬上
> 就軟了，站在那裡哆嗦起來，我說：「我只有一個兒子，
> 求你行行好，救活他吧。」醫生點點頭，表示知道了，
> 可他又說：「你為什麼只生一個兒子？」這叫我怎麼回答
> 呢？我急了，問他：「我兒子還活著嗎？」他搖搖頭說：
> 「死了。」我一下子就看不見醫生了，腦袋裡黑乎乎一
> 片，只有眼淚嘩嘩地掉出來，半晌我才問醫生：「我兒子
> 在哪裡？」[36]

福貴唯一的女兒也是在生產時，大出血難產而死，留下的兒
子，取名叫「苦根」。福貴久病的妻子也隨著兒女離開人世。女
兒過世後，天生有殘疾，歪著頭的女婿獨立撫養苦根，他在工地

---

[36] 余華：《活著》，麥田出版社，2007年，頁168-169。

工作時就將兒子背在背上。苦根很少給他爹添麻煩，當他肚子餓時，他爹會就近找尋是否有正在餵奶的母親，然後給她一毛錢，求她餵餵苦根。福貴的女婿最後死於工地意外，死時被兩片水泥板夾死，全身骨頭沒有一塊完整，當他被夾碎的那一剎那，脖子總算伸直了，他口中發出如雷的叫聲，高喊著：「苦根。」

　　女婿死後，福貴便把苦根帶到村裡來住。窮困的福貴和苦根相依為命，在大飢荒的年代餓了好幾天的苦根，最後是因為看到有豆子吃，笑著狂吃豆子撐死的。福貴送走身邊所有親人，最後和一隻老牛相依相伴，努力「活著」。

　　《許三觀賣血記》裡的絲廠工人許三觀第一次賣血，是認為賣血的男人才身強體壯，才有資格娶妻。出於好奇，就跟著鄰居去賣血。後來，用掙來的三十五塊娶了許玉蘭，陸續生下了一樂、二樂和三樂三個兒子。之後，卻得知他最疼愛的一樂是許玉蘭在婚前和無緣的情人何小勇所生。雖然血緣關係惹起一連串的家庭風波，但是許三觀卻總是在最緊要的關頭為了家人，一次次的去賣血，一關關地度過生命中的驚濤駭浪。

　　文革時期，許三觀被眼前殘酷的事實折磨到明白什麼叫「文化大革命」了：「其實就是一個報私仇的時候，以前誰要是得罪了你，你就寫一張大字報，貼到街上去，說他是漏網地主也好，說他是反革命也好，年月最多的就是罪名，隨便拿一個過來，寫到大字報上，再貼出去，就用不著你自己動手了，別人會把他往死裡整。」[37]

　　余華透過他筆下有著中國底層老百姓傳統頑固韌性的豐滿人

---

[37]　余華：《許三觀賣血記》，臺北：麥田出版社，1997年，頁201。

物，展現其堅忍的精神品質，例如：《活著》裡年老的福貴面對人生的苦難已經有種麻木的樂觀；又《許三觀賣血記》裡的許三觀似乎以「阿Q心理」去面對生活，比如有人傳言一樂長得不像他，不是他的小孩，許三觀便自我安慰對自己說：「他們說一樂長得不像我，可一樂和二樂、三樂長得一個樣……兒子長得不像爹，兒子長得和兄弟像也一樣……沒有人說二樂、三樂不像我，沒有人說二樂、三樂不是我的兒子……一樂不像我沒關係，一樂像他的弟弟就行了。」[38]

在荒年時期，飢餓是大家共有的恐怖經驗，許三觀他們家天天喝稀玉米粥，正當已經喝到對人生感到失望時，就在許三觀生日這天，他還要小孩點菜，他要用「嘴」給他們炒菜吃。他給三個孩子做了紅燒肉後，還給妻子做了清燉鯽魚。許三觀繪聲繪色地做著菜，屋裡響起一片吞口水的聲音，最後，他給自己做了一道爆炒豬肝。

文革時期，許玉蘭因為和何小勇過去的那一段被寫進了大字報，被說是妓女。她在工廠、學校、大街和廣場上都被批鬥過，但有個人卻要許三觀家裡也要開批鬥會。大家都盯著他們，他只能照做。許三觀交代兒子批鬥時，不能叫許玉蘭「媽」，只能叫她名字，接著又要兒子同意在街上站了一天的許玉蘭和他們一樣坐著被批鬥，然後要求兒子都要發言，有話則長，無話則短，別人問起來，就可以理直氣壯說都發言了。但是三個孩子都問不出話來，許三觀便為許玉蘭辯解著：「他們說許玉蘭是個妓女，說許玉蘭天天晚上接客，兩元錢一夜，你們想想，是誰天天晚上和

---

[38] 余華：《許三觀賣血記》，頁73。

許玉蘭睡在一張床上？……就是我，許玉蘭晚上接的客就是我，我能算是客嗎？……我和許玉蘭是明媒正娶。所以我不是什麼客，所以許玉蘭也不是妓女。不過，許玉蘭確實犯了生活錯誤，就是何小勇……」[39]許三觀要她把這事向三個兒子交代清楚。接著，為了保住妻子在兒子心中的地位，他只好降低自己，跟兒子承認他也曾因被戴綠帽而出軌，強調他和他們媽一樣都犯過錯誤，要他們不可以恨他們的媽。

一場無可慶祝的難過的生日，一場本該是嚴肅的革命批鬥，卻都在荒謬的溫情中落幕，感人的真誠對話，正是對於文革所標榜的：「打破一切舊有家庭觀念與家人關係」最大的諷刺。

《兄弟》裡原本深愛宋鋼的純情林紅，卻因和李光頭有染而墮落；參加「處美人」選美比賽的女人，很多根本都不是處女。所以「從李光頭和林紅的角度看『金錢』毫無疑問是另一個主題，圍繞著金錢，眾生所表現出來的萬象不能不說也是一種悲劇。余華式的敘事模式隱隱透露出作家的一些悲觀認知，但這種悲觀認知模式更多的是對苦難的同情和對生存意識的探討。」[40]

三、苦難書寫所體現的人文關懷

在「絕處逢生」中挖掘對人性的關懷，應該是余華在小說中很能讓人看透的要旨，就如同余華筆下的許三觀是「一種喜劇的性格，但在現代社會中，卻很難說是快樂的。」雖然他「被動、

---

[39] 余華：《許三觀賣血記》，頁212-213。
[40] 戰瑞清：〈現實一種：悲情　殘酷　荒誕──解讀余華《兄弟》〉，《中國校外教育》下旬刊，2008年2月，頁15。

粗糙而又無奈地活著」，但「正是這種帶有喜劇性的人性的思想境界能夠保證他以賣血的方式被動地抵抗苦難。」[41]這種被動性格的人低下頭忍受一切非正常劫難的現象，也發生在福貴和宋鋼身上，只是福貴懂得在劫難中學會生存，宋鋼卻是在抵抗苦難後選擇解脫。

歐陽欽評價《許三觀賣血記》：「藝術魅力在審美意蘊上表現為寫出了作者對苦難的獨特體驗和深刻的理解，以及透過苦難所呈現出的人性深處的真善美，即苦難中的溫情，這溫情可以理解為人道主義和人文關懷。」[42]許三觀對何小勇以德報怨，讓一樂在何小勇命危時去盡人子的義務。小說更感人的還在於許三觀以賣「血」的救子行動去證明他對一樂的愛。一樂得了肝病，送進了上海的醫院，為了湊醫藥費，他計畫一路賣血，不能休息，否則一樂就沒錢治病了。他認為他活到五十歲了，做人的滋味也嘗過了，算是值得了，可是一樂才二十一歲，還沒娶妻，要是就那麼死了，真是太虧了。於是，他在十天內連賣四次血。那是一種超越血緣關係的山高海深的溫情，撼動人心，全然展現了人性中的真性情。

許三觀也原諒了妻子的婚前出軌，胼手胝足，在患難中流露真情。這些都是在苦難中淬煉出來的美德與寬容，因為只有經歷過「苦」，才會理解苦中之「樂」的可貴。

而《兄弟》裡熱鬧狂歡的場景安排「都具有反諷的特點：沒

---

[41] 蘇菲：〈淺談《許三觀賣血記》的重複敘事及其心理印象〉，《瓊州學院學報》，第15卷，第6期，2008年12月，頁76。

[42] 歐陽欽：〈苦難中的溫情——解讀余華的《許三觀賣血記》〉，《語言文學研究》，2010年7月，頁16。

有官方的一切規範和約束，戲謔、怪誕、輕鬆、放縱等成為這種熱鬧場合的主題，參與者取得了不受詛咒和約束的任意性權利，而秩序和所謂的形而上在此受到嘲弄和諷刺。」[43]

　　作者正是有意要透過這樣的描寫，強烈反襯出弱勢族群所需要的關注，藉此顯透出他對貧苦百姓的深切關懷。但他不僅從反面書寫，也從正面提醒人與人之間的溫厚情誼。其所提示的人文關懷與品質，聚焦在倫理議題，包括從關懷自我、群我、歷史文化、社會環境等廣義的面向，向讀者展現了各種人的生存狀態和內心情感，喚醒我們的自身意識，也讓我們審視人性的矛盾渴望與複雜多變，進而有更大的能量與愛心去關愛身邊的人事物。

四、結語

　　每個人都期待世界合乎理性秩序，但不如意之事十之八九，況且計畫趕不上變化。余華的苦難書寫將小說人物設置在最荒誕動亂的年代，讓他們全然呈現人性的劣根惡，直指人的心靈最深處，然後讓讀者見識到人們如何投降在邪惡的淫威下，又是如何在無助顫抖中相互取暖。

　　有評論家曾評論余華的作品有一種荒誕的真實。余華回應：「中國的現實本來就是荒誕的，無論是過去的文革，還是巨變中的現在。」關於文革時期，他舉例說：文革中毛澤東的像滿街都是，毛主席語錄連廁所牆壁，甚至痰盂裡都有。枕巾上是「千萬不要忘記階級鬥爭」，床單上印著「在大風大浪中前進」，這個

---

[43] 余在勝：〈反諷與荒誕——析余華小說《兄弟》創作傾向〉，《湖湘論壇》，2007年，第3期，頁51。

細節就被寫進了小說中鳳霞新婚的床上。關於現在，他說：現在
大陸常發生礦難，一有礦難就有不少記者來採訪，煤礦的領導就
偷偷摸摸塞給記者「封口費」，後來礦難一再發生，就來了很多
假記者來要「封口費」。結果附近地區的旅館、飯店天天期待
著發生礦難，多一些人來吃住，好給他們帶來多一點的經濟效
益。[44]

　　「無論作家們在情感上如何地熱愛人民，在人間關懷上如何
地傾心於人民，作家們必須永保有這樣一份理性和清醒：人民只
有在作為批判物件和悲憫物件時才能構成有利於作家成長和文學
發展的精神資源。」[45]可以確定的是，余華小說的魅力正在於：
荒誕苦難越是深刻豐厚，所能揭示與其帶給讀者的現實感也就越
是豐厚。

---

[44] http://www.epochtimes.com/b5/5/9/4/n1040759.htm。
[45] 摩羅：〈論當代中國作家的精神資源〉，《文藝爭鳴》，1996年，頁28。

余華《許三觀賣血記》的人文品質

一、前言

余華，是中國大陸當代知名的小說家之一，與葉兆言和蘇童齊名，從1984年發表小說以來，就是大陸先鋒派小說的代表。余華的父母是醫生，從小住家就在醫院的太平間附近，小時候就經常聽到有人在哭送親人，面對生死的場面，使得他比一般人更早領悟生死的痛苦與問題，於是在他的許多作品中都見到描寫生死的主題。本文所要討論的長篇小說《許三觀賣血記》曾被評選為「九十年代最有影響的十部作品」，也是「二十世紀中文小說一百強」（世紀百強）的五百多本評選書目之一，可見這部作品的價值。

一部感人肺腑的小說，是足以召喚多層次的生命經驗的，這是相當重要的文學價值所在，《許三觀賣血記》正是以相當博大的格局寫盡了中國人的苦痛，並以寬厚的溫情描繪磨難的人生，同時也表達了每個生命都會找到出路的求生意志。小說的真實感越強，感染人的程度就越大，那樣才能引發讀者最大的「人文」效益。

本文著重探究《許三觀賣血記》人文品質的價值特色，小說交融著時代的荒謬、矛盾與諷刺，而對人的生存尊嚴提出關注，關注其生存狀態與生活品質，尤其是對弱勢族群的關懷、愛護與

協助。社會文明進步與否，便是以「人文關懷」為指標，尤其人類自覺意識提高就是直接反映在「人文關懷」的深度上的，這是《許三觀賣血記》所關注的現實的人文關懷的精神，也是本文所要研析的重點所在。

本文將從六個面向切入，探究其人文品質的價值特色：「行善避禍」、「知恩圖報；以德報怨；言而有信」、「超越『血緣』的人性溫情」、「正面樂觀」、「患難見真情」和「對弱勢族群悲天憫人的關懷」。

文學評論家王德威認為余華這十年來的創作「以怪誕的人事情境、冷冽的近乎黑色幽默的筆法，吸引（或得罪）眾多讀者。……父系家庭關係的變調，宿命人生的牽引，死亡與歷史黑洞的誘惑，已成他作品的註冊商標。而這些特徵竟以身體的奇觀──支解、變形、侵害、瘋狂、死亡──為依歸……見證了一代中國人的苦難。」[46] 的確，《許三觀賣血記》以小人物許三觀的角度和立場去看大環境──中華人民共和國成立後的5、60年代──的強烈轉變，余華從第十八章到二十五章，藉由文字透過許三觀的視角介紹給讀者整個政治環境的變化，許三觀對許玉蘭說：

> 今年是一九五八年，人民公社，大躍進，大煉鋼鐵，還有
> 什麼？我爺爺，我四叔他們村裡的田地都被收回去了，從
> 今往後誰也沒有自己的田地了，田地都歸國家了，要種莊
> 稼得向國家租田地，到了收成的時候要向國家交糧食，國

---

[46] 王德威：〈傷痕即景，暴力奇觀──余華的小說〉，收入余華著：《許三觀賣血記》序論，臺北：麥田出版，1997年5月，頁25-26。

家就像是從前的地主，當然國家不是地主，應該叫人民公社……我們絲廠也煉上鋼鐵了，廠裡砌出了八個小高爐，我和四個人管一個高爐，我現在不是絲廠的送繭工許三觀，我現在是絲廠的煉鋼工許三觀，他們都叫我許煉鋼。你知道為什麼要煉那麼多鋼鐵出來？人是鐵，飯是鋼，這鋼鐵就是國家的糧食，就是國家的稻子、小麥，就是國家的魚和肉。[47]

許三觀對許玉蘭說：

我今天到街上去走了走，看到很多戴紅袖章的人挨家挨戶地進進出出，把鍋收了，把碗收了，把米收了，把油鹽醬醋都收了去，我想過不了兩天，他們就會到我們家來收這些了，說是從今往後誰家都不可以自己做飯了，要吃飯去大食堂，你知道城裡有多少個大食堂？我這一路走過來看到了三個，我們絲廠一個；天寧寺是一個，那個和尚廟也改成食堂了，裡面的和尚全戴上了白帽子，圍上了白圍裙，全成了大師傅；還有我們家前面的戲院，戲院也變成了食堂，你知道戲院食堂的廚房在哪裡嗎？就在戲臺上，唱越劇的小旦、小生一大群都在戲臺上洗菜淘米，聽說那個唱老生的是司務長，那個丑角是副司務長……[48]

這一年夏天，許三觀從街上回到家裡，對許玉蘭說：

[47] 余華：《許三觀賣血記》，臺北：麥田出版社，1997年，頁149。
[48] 余華：《許三觀賣血記》，頁149-150。

　　我這一路走過來，沒看到幾戶人家屋裡有人，全到街上去了、我這輩子沒見過街上有這麼多人，胳膊上都套著個紅袖章，遊行的、刷標語的‧貼大字報的，大街的牆上全是大字報，一張一張往上貼，越貼越厚，那些牆壁都像是穿上棉襖了。我還見到了縣長，那個大胖子山東人，從前可是城裡最神氣的人，我從前見到他時，他手裡都端著一個茶杯，如今他手裡提著個破臉盆，邊敲邊罵自己，罵自己的頭是狗頭，罵自己的腿是狗腿⋯⋯

　　你知道嗎？為什麼工廠停工了、商店關門了、學校不上課、你也用不著去炸抽條了？為什麼有人被吊在了樹上、有人被關進了牛棚、有人被活活打死？你知道嗎？為什麼毛主席一說話，就有人把他的話編成了歌，就有人把他的話刷到了牆上、刷到了地上、刷到了汽車上和輪船上、床單上和枕巾上、杯子上和鍋上，連廁所的牆上和痰盂上都有。毛主席的名字為什麼會這麼長？你聽著：偉大的領袖偉大的導師偉大的統帥偉大的舵手毛主席萬歲萬歲萬萬歲。一共有三十個字，這些都要一口氣念下來，中間不能換氣。你知道這是為什麼？因為文化大革命來啦⋯⋯[49]

　　許三觀有點明白什麼叫「文化大革命」？「其實就是一個報私仇的時候，以前誰要是得罪了你，你就寫一張大字報，貼到街上去，說他是漏網地主也好，說他是反革命也好，年月最多的就

---

[49]　余華：《許三觀賣血記》，頁200。

是罪名，隨便拿一個過來，寫到大字報上，再貼出去，就用不著你自己動手了，別人會把他往死裡整。」[50]

以上的文字雖是輕描淡寫提到了大躍進、全民煉鋼、人民公社、文化大革命，其中卻是含括了沉重的歷史洪流的傷害。小說之後還寫到了毛澤東一連串的指示：「要文鬥，不要武鬥。」於是大家放下了手裡的刀和棍子；「要復課鬧革命。」於是學校開始上課；「要抓革命促生產。」於是大家都回到工作崗位；「知識青年到農村去，接受貧下中農的再教育，很有必要。」於是知識青年們就到農村插隊落戶。

小說提及的大飢荒、上山下鄉以及文革十年的場面，栩栩如生，發人深省。

小說反映現實人生，比起「正史」更足以感動人心，擴大思考格局。《許三觀賣血記》對於「通識教育」的相關課程相信在教材運用上是能夠提供相當大的效益的。

希望經由本文的研析，能夠達到以下兩個目的：一，是藉由小說閱讀提升人文教育，使得傳統的書寫資源與現實關懷得以接軌。二，是能更廣泛地提供通識教育相關的人文教材，透顯出通識教育的發展脈絡與全面。

二、小說宣揚人文品質的價值與特色

余華的《許三觀賣血記》以「賣血作為主線，貫穿其中的是當時底層民眾揮之不去的生存苦難，透過這些苦難折射出溫暖的

---

[50] 余華：《許三觀賣血記》，頁201。

人道主義和人文關懷。……苦難中的溫情所體現出的對人和生命的尊重和關懷，成就了這部小說的文學價值。」[51]

　　小說的故事大要是：絲廠工人許三觀第一次賣血，是因為巧遇隔壁村的朋友要到城裡醫院賣血，他們認為賣血的男人才身強體壯，才有資格娶妻，出於好奇，也為了證明自己，所以就跟著去賣血。後來，他用掙來的三十五塊娶了許玉蘭，陸續生下了一樂、二樂和三樂三個兒子，卻得知他最疼愛的一樂是許玉蘭在婚前和無緣的情人何小勇所生。雖然血緣關係惹起一連串的家庭風波，但是許三觀卻總是在最緊要的關頭為了家人，又一次次的去賣血，一關關地度過生命中的驚滔駭浪。

　　余華關注底層百姓的現實生活，也善於在對立的矛盾人性中，展現人性的溫情，他不隱藏人性中的「惡」，但也盡力去挖掘其中的「善」，並且在美醜善惡的較量中，讓「善」征服了「惡」，極力展現了人性的價值以及人性中善良的一面所帶來的超越平常的感人力量。

（一）行善避禍

　　許三觀知道一樂非親生兒子後，於是耍起任性不再分擔家務，也故意在言語上找許玉蘭麻煩。

　　三樂愛玩彈弓，這次打中了方鐵匠的小兒子，小兒子找了大哥來報仇，一樂也來替三樂出頭，一樂用石頭把方鐵匠大兒子的頭砸傷了，卻賠不出醫藥費。全家簡陋的家具都被方鐵匠找人搬走了，許三觀要許玉蘭去找一樂的親生父親何小勇出錢，卻惹得

---

[51] 歐陽欽：〈苦難中的溫情——解讀余華的《許三觀賣血記》〉，《語言文學研究》，2010年7月，頁18。

何小勇夫妻不認子的無禮辱罵。最後，許三觀只得去賣血還醫藥費，這是他第二次賣血。

小說描述許玉蘭感動許三觀的付出，再次跑到何小勇家亮起嗓子對鄰居訴說：

> 你們都知道何小勇不要自己的兒子，你們都知道我前世造了孽，今生讓何小勇占了便宜，這些我都不說了，我今天來是要對你們說，我今天才知道我前世還燒了香，讓我今生嫁給了許三觀，你們不知道許三觀有多好，他的好是幾天幾夜都說不完，別的我都不說了，我就說說許三觀賣血的事，許三觀為了我，為了一樂，為了這個家，今天都到醫院裡去賣血啦，你們想想，賣血是要丟命的，就是不丟命，也會頭暈，也會眼花，也會沒有力氣，許三觀為了我，為了一樂，為了我們這個家，是命都不要了……[52]

兩年後的一天，何小勇被一輛卡車撞到了，許三觀認為何小勇做了壞事不肯承認，果然老天有眼「惡有惡報」，許三觀總結說：「所以，做人要多行善事，不行惡事。做了惡事的話，若不馬上改正過來，就要像何小勇一樣，遭老天爺的罰，老天爺罰起人來可是一點都不留情面。都是把人往死裡罰，那個何小勇躺在醫院裡面，還不知道死活呢。」[53]許三觀還對比自己身強力壯，臉色紅潤，雖然日子過得窮苦，但身體好就是本錢，是老天爺獎

---

[52] 余華：《許三觀賣血記》，頁126。
[53] 余華：《許三觀賣血記》，頁183-184。

給他的，說著許三觀還使了勁，讓鄰居們看看他胳膊和腿上的肌肉，說雖然他做了十三年的「烏龜」，可是一樂跟他很親，平日裡有什麼好吃的，總先問：爹，你吃不吃。他認為一樂對他好，也是老天爺獎勵他的。

　　作者有意藉著許三觀的語言，宣揚「舉頭三尺有神明」，「善有善報，惡有惡報；不是不報，時辰未到」，還有「善惡到頭終有報，只爭來早與來遲」的因果報應的說法，讓好因得好果，惡因得惡果的天道報應觀念深植人心，同時也勸人行善避禍，具有勸懲的作用。

（二）知恩圖報；以德報怨；言而有信

　　何小勇躺在醫院快要死了，城西的陳先生開處方，但是說這些藥只能治身體，治不了何小勇的魂，所以建議要他的親生兒子上屋頂去，對著西天喊：「爹，你別走；爹你回來。」何小勇的魂還沒有飛走的話，就會留下來。

　　何小勇的妻子哭求許玉蘭開恩，讓一樂去把何小勇的魂喊回來，說是一樂要是不去喊魂，她就要做寡婦了。許玉蘭抓緊機會報了前仇說：「我的命好，他們都說許三觀是長壽的相，說許三觀天庭飽滿，我家許三觀手掌上的那條生命線又長又粗，就是活到八、九十歲，閻王爺想叫他去，還叫不動呢。我的命也長，不過再長也沒有許三觀長，我是怎麼都會死在他前面的，他給我送終。做女人最怕什麼？還不是怕做寡婦，做了寡婦以後，那日子怎麼過？家裡掙的錢少了不說；孩子們沒了爹，欺負他們的人就多，還有下雨天打雷的時候，心裡害怕都找不到一個肩膀可以靠

上去……。」[54]

　　何小勇的妻子越哭越傷心，說怎麼說何小勇也是一樂的親爹。許玉蘭又笑嘻嘻地說：「這話你要是早說，我就讓一樂跟你走了，現在你才說何小勇是一樂的親爹，已經晚了，我男人許三觀不會答應的，想當初，我到你們家裡來，你罵我，何小勇還打我，那時候你們兩口子可神氣呢，沒想到你們會有今天，許三觀說得對，你們家是惡有惡報，我們家是善有善報。你看看我們家的日子，越過越好，你再者看我身上的襯衣，這可是棉綢的襯衣，一個月以前才做的……。」[55]

　　許玉蘭雖說是在言語上「回報」了何小勇的妻子，但是刀子嘴豆腐心的她還是力勸許三觀答應讓一樂去喊魂，許玉蘭說：「何小勇的女人都哭著求上門來了，再不幫人家，心裡說不過去。他們以前怎麼對我們的，我們就不要去想了，怎麼說人家的一條命在我們手裡，總不能把人家的命捏死吧？」[56]許三觀氣歸氣，最後還是動了善念，他對一樂機會教育說：「一樂，我為什麼和我四叔感情深？就是因為四叔把我背回到爺爺家裡的，做人要有良心。我四叔死了有好幾年了，我現在想到四叔的時候，眼淚又要下來了。做人要有良心，我養了你十三年，這十三年裡面，我打過你，罵過你，你不要記在心裡，我都是為你好。這十三年裡面，我不知道為你操了多少心，就不說這些了，你也知道我不是你的親爹，你的親爹現在躺在醫院裡，你的親爹快要死了，醫生救不了他，……何小勇以前對不起我們，這是以前的

---

[54] 余華：《許三觀賣血記》，頁187。
[55] 余華：《許三觀賣血記》，頁188。
[56] 余華：《許三觀賣血記》，頁190。

事了，我們就不要再記在心裡了，現在何小勇性命難保，救命要緊。怎麼說何小勇也是個人，只要是人的命都要去救，再說他也是你的親爹，你就看在他是你親爹的份上，爬到他家的屋頂上去喊幾聲吧……一樂，你記住我今天說的話，做人要良心，我也不要你以後報答我什麼，只要你以後對我，就像我對我四叔一樣，我就心滿意足了。等到我老了，死了，你想起我養過你，心裡難受一下，掉幾顆眼淚出來，我就很高興了……。」[57]

在許三觀對一樂的這一大段話裡，不但教化著我們受人滴水之恩，必當湧泉以報，也要以「德」來和解仇怨，因為冤冤相報何時了，只有學習放下仇恨，才是等於放過自己，我們也絕對不會因為對方受苦，而讓自己的良心好過的。

許三觀讓許玉蘭帶著一樂到何小勇家屋頂上去喊魂，但是一樂卻不配合，在眾人的圍觀下，一樂就是不願喊，因為他不承認何小勇是他的親爹，他認定的爹只有許三觀。後來何小勇的朋友建議把許三觀找來，也許一樂就會聽話了。果然一樂見到許三觀，說他在屋頂上待夠了，要他快來接他下去，但許三觀卻對一樂說他現在還不能上去接他，他還沒有哭喊，何小勇的魂還沒有回來。許三觀勸著一樂說：「一樂，你聽我的活，你就哭幾聲，喊幾聲，這是我答應人家的事，我答應人家了，就要做到，君子一言，駟馬難追，再說那個王八蛋何小勇也真是你的親爹……。」[58]

一樂終於在屋頂上哭了起來，但他哭的是許三觀不是他的親爹。

---

[57] 余華：《許三觀賣血記》，頁191-192。
[58] 余華：《許三觀賣血記》，頁197。

　　雖然最後何小勇還是撒手人寰，但是，言而有信的許三觀卻是對得起自己的良心，而且也在一定程度上讓曾經被何小勇拒絕家門外的一樂，盡了人子的義務，也算是仁至義盡了。

（三）超越「血緣」的人性溫情

　　歐陽欽在〈苦難中的溫情——解讀余華的《許三觀賣血記》〉一文中，評價該部作品的「藝術魅力在審美意蘊上表現為寫出了作者對苦難的獨特體驗和深刻的理解，以及透過苦難所呈現出的人性深處的真善美，即苦難中的溫情，這溫情可以理解為人道主義和人文關懷。」[59]

　　小說裡的許三觀在得知他最愛的一樂非他親生時，父子間的情感起了變化，一樂打傷方鐵匠的兒子，許三觀是在何小勇不願出面解決的最後關頭，才去賣血賠償醫藥費。後來，第三次賣血是為了報復妻子婚前的不忠，而跑去和他結婚前所中意的林芬芳偷情，以賣血的錢買了補品送去給生病的林芬芳。第四次賣血是在自然災害那一年，全家吃了五十七天的玉米稀粥，他為了想給全家吃一頓好的，又去賣了一次血，但這次只拿到三十元，因為被李血頭抽走了五元。

　　正因為是荒年，賣血不易，所以，許三觀只願意拿五角錢給一樂去買烤紅薯，而不願帶一樂一起去吃麵。許三觀對一樂說：「一樂，平日裡我一點也沒有虧待你，二樂、三樂吃什麼，你也能吃什麼。今天這錢是我賣血掙來的，這錢來得不容易，這錢是我拿命去換來的，我賣了血讓你去吃麵條，就太便宜那個王

---

[59] 歐陽欽：〈苦難中的溫情——解讀余華的《許三觀賣血記》〉，《語言文學研究》，2010年7月，頁16。

八蛋何小勇了。……如果你是我的親生兒子，我最喜歡的就是
你。」[60]

一樂為此去投奔何小勇，希望他的親生父親可以帶他去吃
麵，但卻遭何小勇打罵、趕走。身心受創的一樂沒有往回家的路
上走，後來，許玉蘭和許三觀到處找他，找急了，許三觀一見到
一樂後破口大罵，一樂說想吃東西，想睡覺：「我想你就是再不
把我當親兒子，你也比何小勇疼我，我就回來了。」[61]許三觀在
疲憊的一樂身前蹲下來，對他說：「爬到我背上來。」許三觀雖
然嘴裡不停地罵著一樂，但卻往麵店走去：

> 一樂看到了勝利飯店明亮的燈光，他小心翼翼地問許
> 三觀：
> 「爹，你是不是要帶我去吃麵條？」
> 許三觀不再罵一樂了，他突然溫和地說道：「是的。」[62]

許三觀在重要的關鍵時刻所展現的「無」血緣卻「有」感情
的父子間偉大的親情，是相當令人動容的。

許三觀的第五次賣血也是為了一樂，一樂下放農村回家時
連路都走不動了，休息了幾天，許三觀夫婦就趕他趕快回鄉下，
他們指望他在鄉下好好幹，能早一天抽調回城。許三觀送著虛弱
的一樂走，到了醫院大門前許三觀要一樂等他一會兒，原來他又
跑去賣血了。在碼頭等船時，許三觀從胸前的口袋裡拿出了三十

---

[60] 余華：《許三觀賣血記》，頁167。
[61] 余華：《許三觀賣血記》，頁181。
[62] 余華：《許三觀賣血記》，頁182。

元，塞到一樂手裡，一樂推辭著，許三觀說：

> 這是我剛才賣血掙來的，你都拿著，這裡面還有二樂
> 的，二樂離我們遠，離你近，你去他那裡時，你就給他十
> 元、十五元的，你對二樂說不要亂花錢。我們離你們遠，
> 平日裡也照顧不到你們，你們兄弟要互相照顧。
>
> 這錢不要亂花，要節省著用。覺得人累了，不想吃東
> 西了，就花這錢去買些好吃的，補補身體。還有，逢年過
> 節的時候，買兩盒煙，買一瓶酒，去送給你們的生產隊
> 長，到時候就能讓你們早些口子抽調回城。知道嗎？這錢
> 不要亂花，好鋼要用在刀刃上……[63]

雖說「血濃於水」，但小說裡卻展現了超越血緣關係的更深
層、更溫厚的無私的情感。

小說更感動人的，還在於許三觀以賣「血」的救子行動去
證明他對一樂的愛。一樂得了肝病，送進了上海的醫院，為了湊
醫藥費，他計畫要一路賣血，中間不能休息，否則一樂就沒錢治
病了。他認為他活到五十歲了，做人的滋味也嘗過了，算是值得
了，可是一樂才二十一歲，還沒娶妻，還沒好好活過，要是就那
麼死了，真是太吃虧了。於是，他在十天內連賣四次血，直到失
血休克昏厥過去，醫院輸血救起他，他還央求醫生把別人的血收
回去，他不想欠人，他這輩子沒拿過別人的東西。最後當許三觀
趕到醫院，見到空床，以為一樂死了，嚎啕大哭時，見到正要走

---

[63] 余華：《許三觀賣血記》，頁224。

進病房的一樂和妻子才為病情好轉的一樂慶幸！

　　許三觀對一樂的感情，是在養育的艱困環境，相知相惜中一點一滴培養起來的，那是一種超越血緣關係的山高海深的溫情，撼動人心，全然展現了人性中的真性情。

（四）正面樂觀

　　在「絕處逢生」中挖掘對人性的關懷，應該是余華在小說中很能夠讓人看透的要旨，於是，我們見到余華塑造許三觀的性格是「一種喜劇的性格，但在現代社會中，卻很難說是快樂的。」雖然他「被動、粗糙而又無奈地活著」但「正是這種帶有喜劇性的人性的思想境界能夠保證他以賣血的方式被動地抵抗苦難。」[64]

　　許三觀似乎以「阿Q心理」去面對生活，比如：有人傳言一樂長得不像他，不是他的小孩，許三觀便自我安慰對自己說：「他們說一樂長得不像我，可一樂和二樂、三樂長得一個樣……兒子長得不像爹，兒子長得和兄弟像也一樣……沒有人說二樂、三樂不像我，沒有人說二樂、三樂不是我的兒子……一樂不像我沒關係，一樂像他的弟弟就行了。」[65]

　　又如：在荒年時期，飢餓是大家共有的恐怖經驗，許三觀他們家天天喝稀玉米粥，已經喝到對人生感到失望了。但在許三觀生日這天，許玉蘭把留著過春節的糖拿出來往玉米粥裡放，除了三個兒子各一碗外，還特別多留了一碗給許三觀，但許三觀最後還是把那一碗留給了孩子，只要每人給他叩一個頭，算是壽禮。

---

[64] 蘇菲：〈淺談《許三觀賣血記》的重複敘事及其心理印象〉，《瓊州學院學報》，第15卷，第6期，2008年12月，頁76。

[65] 余華：《許三觀賣血記》，頁73。

接著還要小孩點菜，他要用「嘴」給他們炒菜吃。三樂要吃紅燒肉，於是許三觀開始用嘴做菜——

> 「我先把四片肉放到水裡煮一會，煮熟就行，不能煮老了，煮熟後拿起來晾乾，晾乾以後放到油鍋裡一炸，再放上醬油，放上一點五香，放上一點黃酒，再放上水，就用文火慢慢地燉，燉上兩個小時，水差不多燉乾時，紅燒肉就做成了……」
>
> 許三觀聽到了吞口水的聲音。「揭開鍋蓋，一股肉香是撲鼻而來，拿起筷子，夾一片放到嘴裡一咬……」
>
> 許三觀聽到吞口水的聲音越來越響。「是三樂一個人在吞口水嗎？我聽聲音這麼響，一樂和二樂也在吞口水吧？許玉蘭你也吞上口水了，你們聽著，這道菜是專給三樂做的，只准三樂一個人吞口水，你們要是吞上口水，就是說你們在搶三樂的紅燒肉吃，你們的菜在後面，先讓三樂吃得心裡踏實了，我再給你們做。三樂，你把耳朵豎直了……夾一片放到嘴裡一咬，味道是，肥的是肥而不膩，瘦的是絲絲飽滿。我為什麼要用文火燉肉？就是為了讓味道全部燉進去。三樂的這四片紅燒肉是……三樂，你可以慢慢品嘗了。接下去是二樂，二樂想吃什麼？」[66]

之後，許三觀也給二樂和一樂做了紅燒肉後，還給許玉蘭做了一條清燉鯽魚。許三觀繪聲繪色地做著菜，屋裡響起一片吞口

---

[66] 余華：《許三觀賣血記》，頁159-160。

水的聲音，最後，他給自己做了一道爆炒豬肝，他說：

> 「豬肝先是切成片，很小的片，然後放到一隻碗裡，
> 放上一些鹽，放上生粉，生粉讓豬肝鮮嫩，再放上半盅黃
> 酒，黃酒讓豬肝有酒香，再放上切好的蔥絲，等鍋裡的油
> 一冒煙，把豬肝倒進油鍋，炒一下，炒兩下，炒三下……」

> 「炒四下……炒五下……炒六下。」

> 一樂，二樂，三樂接著許三觀的話，一人跟著炒了一
> 下，許三觀立刻制止他們：「不，只能炒三下，炒到第四
> 下就老了，第五下就硬了，第六下那就咬不動了，三下以
> 後趕緊把豬肝倒出來。這時候不忙吃，先給自己斟上二兩
> 黃酒，先喝一口黃酒，黃酒從喉嚨裡下去時熱呼呼的，就
> 像是用熱毛巾洗臉一樣，黃酒先把腸子洗乾淨了，然後再
> 拿起一雙筷子，夾一片豬肝放進嘴裡……這可是神仙過的
> 日子……」

> 屋子裡吞口水的聲音這時又是響成一片，許三觀說：
> 「這爆炒豬肝是我的菜，一樂，二樂，三樂，還有你許玉
> 蘭，你們都在吞口水，你們都在搶我的菜吃。」

> 說著許三觀高興地哈哈大笑起來，他說：「今天我過
> 生日，大家都來嘗嘗我的爆炒豬肝吧。」[67]

小說從第十八章起講到災難歲月來臨——大躍進、全民煉
鋼、人民公社、大飢荒、上山下鄉、文革十年，從水災講到荒

---

[67] 余華：《許三觀賣血記》，頁162。

年，一連串的天災人禍帶給人們對未來生活的絕望，但是因為許
三觀的樂天性格，他總可以在困境中激發出超凡的忍耐力和正面
思考的努力方向，帶領著家人、影響朋友一起迎接未知的挑戰。
這也正是小說總給人絕處逢生的希望所在。

（五）患難見真情

　　除了前面所提到的許三觀對一樂超越血親關係的無悔付出
外，許三觀第六次賣血是為了二樂的前途，要討好他的隊長，所
以賣血籌錢，設酒款待隊長。這種在患難中所見到的真情，除了
親情外，還有夫妻之情。

　　文化大革命時期，許玉蘭因為和何小勇過去的那一段被寫進
了大字報，許玉蘭被說是：破鞋、爛貨，十五歲就做了妓女，出
兩元錢就可以和她睡覺，說她睡過的男人十輛卡車都裝不下。許
三觀知道許玉蘭難過，要一樂和二樂到大街上去隨便抄寫一張大
字報，抄完了就貼到寫許玉蘭的那張大字報上去。

　　但是沒過兩天，一群戴著紅袖章的人來到許三觀家，把許玉
蘭帶走了。他們要在城裡最大的廣場上開一個萬人批鬥大會，他
們已經找到了地主、富農、右派、反革命和走資本主義道路的當
權派，就是差一個妓女，當時離批鬥大會召開只有半個小時，他
們終於找到了許玉蘭。

　　回到家前許玉蘭的左邊頭被剃光了，許三觀便把她的右邊頭
也剃了。自此許玉蘭的苦日子就開始了，她胸前掛著木板，上面
寫著妓女，每天站到凳子上，又像在批鬥會上一樣，低著頭，一
站就是一整天，人說「夫妻本是同林鳥，大難來時各自飛」，但
是，許三觀卻是深情相守。有好幾次許玉蘭感激涕零地對許三觀

說：「我在外面受這麼多罪，回到家裡只有你對我好，我腳站腫了，你倒熱水給燙腳；我回來晚了，你怕飯菜涼了，就焐在被窩裡；我站在街上，送飯送水的也是你。許三觀，你只要對我好，我就什麼都不怕了……」[68]

　　許三觀給頭髮長出來一些像個小男孩頭的許玉蘭送飯，許玉蘭看到鍋裡全是米飯，沒有一點菜，她也不說什麼，用勺子吃飯，許三觀就在她身邊站著，有幾個人看到許玉蘭坐在凳子上吃飯，就走過來朝許玉蘭手上的鍋裡看，許三觀趕緊把許玉蘭手上的鍋拿給他們看，跟他們說，鍋裡只有米飯、沒有菜。他說他若給許玉蘭吃菜就是包庇她了。等他們走開後，許三觀輕聲對她說：「我把菜藏在米飯下面，現在沒有人，你快吃吃口菜。」許玉蘭用勺子從米飯上面挖下去，看到下面藏了很多肉，許三觀為她做了紅燒肉，她就往嘴裡放了一塊紅燒肉。許三觀輕聲說那是他偷偷給她做的，兒子們都不知道。

　　許玉蘭在工廠、學校、大街和廣場上都被批鬥過，但有個人卻要許三觀家裡也要開批鬥會。大家都盯著他們，他只能照做。許三觀交代兒子批鬥時，不能叫許玉蘭「媽」，只能叫她名字。他們四個人都坐著，只有許玉蘭站在那裡，許玉蘭低著頭，就像是站在大街上一樣。許三觀對兒子們提議，許玉蘭在街上站了一天了，腳腫腿麻，是否舉手同意讓她坐在凳子上。後來，許玉蘭也坐在凳子上了，許三觀要兒子都要發言，有話則長，無話則短，別人問起來，就可以理直氣壯說都發言了。但是三個孩子都問不出話來，許三觀便為許玉蘭辯解著：

---

[68]　余華：《許三觀賣血記》，頁205-206。

他們說許玉蘭是個妓女，說許玉蘭天天晚上接客，兩元錢一夜，你們想想，是誰天天晚上和許玉蘭睡在一張床上？……就是我，許玉蘭晚上接的客就是我，我能算是客嗎？……我當年娶許玉蘭花了不少錢，我雇了六個人敲鑼打鼓，還有四個抬轎子，擺了三桌酒席，所有的親戚朋友都來了，我和許玉蘭是明媒正娶。所以我不是什麼客，所以許玉蘭也不是妓女。不過，許玉蘭確實犯了生活錯誤，就是何小勇……[69]

許三觀轉過臉去看許玉蘭，要她把這事向三個兒子交代清楚。

許玉蘭詳細地哭訴著被何小勇侵犯的經過，但許三觀不想讓許玉蘭交代得太清楚就打斷她，要兒子發言，一樂說他現在最恨的就是何小勇，第二恨的就是許玉蘭。許三觀擺擺手，讓一樂不要說了，然後他要二樂發言，二樂問許玉蘭說：「何小勇把你壓在牆上，你為什麼不咬他，你推不開他可以咬他，你說你沒有力氣了，咬他的力氣總還有吧！」許三觀聽了，吼叫了一聲，又喝止了二樂，嚇得三樂什麼都不敢說了。一樂卻又補充說：「我剛才說到我最恨的，我還有最愛的，我最愛的當然是偉大領袖毛主席，第二愛的……」一樂看著許三觀說：「就是你。」許三觀聽到一樂這麼說，眼淚流出來了，對許玉蘭說：「誰說一樂不是我的親生兒子？」

接著許三觀溫和地對三個兒子坦承說他也犯過生活錯誤，他去探望婚前喜歡的女孩林芬芳，林芬芳摔斷了腿，她的丈夫不在

---

[69] 余華：《許三觀賣血記》，頁212-213。

家，他就和林芬芳親熱起來了。許三觀努力護衛著妻子，不希望
兒子看輕他們的母親：

> 「我和林芬芳只有一次，你們媽和何小勇也只有一
> 次。我今天說這些，就是要讓你們知道，其實我和你們媽
> 一樣，都犯過生活錯誤。你們不要恨她……」
>
> 許三觀指指許玉蘭，「你們要恨她的話，你們也應該
> 恨我，我和她是一路貨色。」
>
> 許玉蘭搖搖頭，對兒子們說：「他和我不一樣，是我
> 傷了他的心，他才去和那個林芬芳……」
>
> 許三觀搖著頭說：「其實都一樣。」
>
> 許玉蘭對許三觀說：「你和我不一樣，要是沒有我和
> 何小勇的事，你就不會去摸林芬芳的腿。」
>
> 許三觀這時候同意許玉蘭的話了，他說：「這倒是。」
>
> 「可是……」他又說，「我和你還是一樣的。」[70]

在這一段家裡批鬥的過程中，我們從語言的一來一往中，見到
許三觀多年來對於許玉蘭與何小勇的一段肉體關係真正釋懷，也得
到的內心的和解，他以理解和寬容的同理想法，和妻子站在一起，
一起面對兒子的檢討。以上感人的真誠對話，正是對於文化大革命
標榜著：打破一切舊有家庭觀念與家人關係，一個最大的諷刺。

小說的最後一章，許三觀已經年過六十了，三個兒子在城
裡，也成家立業，搬到別處了，大家日子都過得不錯，兩老也不

---

[70]　余華：《許三觀賣血記》，頁217。

缺錢了。有一天，許三觀突然想吃豬肝，但身上沒帶錢，他決定
為自己賣一次血，但是到了醫院，年輕血頭卻嫌棄他的血，說只
能賣給油漆匠漆家具，這時他突然感到自己的無用，他想著四十
年來，每次家裡遇上災禍時，他都是靠賣血度過去的，今天是第
一次，他的血賣不出去。以後他的血沒人要了，家裡再有災禍怎
麼辦？他因此大哭。三個兒子正好在大街上遇到父親在哭，覺得
父親為了要吃炒豬肝而哭，有些丟臉，要父親回家去哭。這時許
玉蘭一口氣把三個兒子狠狠數落了一頓：

> 你們的良心被狗叼走啦，你們竟然這樣說你們的爹，你們
> 爹全是為了你們，一次一次去賣血，賣血掙來的錢全是用
> 在你們身上，你們是他用血餵大的。想當初，自然災害的
> 那一年，家裡只能喝玉米粥，喝得你們三個人臉上沒有肉
> 了，你們爹就去賣了血，讓你們去吃了麵條，你們現在都
> 忘乾淨了。還有二樂在鄉下插隊那陣子，為了討好二樂的
> 隊長，你們爹賣了兩次血，請二樂的隊長吃，給二樂的
> 隊長送禮，二樂你今天也全忘了。一樂，你今天這樣說你
> 爹，你讓我傷心，你爹對你是最好的，說起來他還不是你
> 的親爹，可他對你是最好的，你當初到上海去治病，家裡
> 沒有錢，你爹就一個地方一個地方去賣血，賣一次血要歇
> 三個月，你爹為了救你命，自己的命都不要了，隔三、五
> 天就去賣一次，在松林差一點把自己賣死了，一樂你也忘
> 了這事。你們三個兒子啊，你們的良心被狗叼走啦……[71]

---

[71] 余華：《許三觀賣血記》，頁290-291。

聲淚俱下的許玉蘭把口袋裡所有的錢都摸出來，給許三觀看，拉著許三觀說：「我們現在有的是錢，我們走，我們去吃炒豬肝，去喝黃酒」。許玉蘭總共為許三觀點了三盤炒豬肝，一瓶黃酒，還有兩個二兩的黃酒，讓他可以大快朵頤，並且還護衛著許三觀把年輕血頭臭罵了一頓，許三觀終於笑了。

我們在這裡見到的是夫妻胼手胝足，榮辱福禍與共，珍惜相愛，點點滴滴所積累而來的患難情誼，相當令人感動，其中對彼此的包容、理解與體諒，更是值得學習。

（六）對弱勢族群悲天憫人的關懷

《許三觀賣血記》是「一部關注現實、外表樸實簡潔和內涵意蘊深遠的完美結合的作品。作者憑著他卓越的想像力和極大的溫情描繪了賣血這種磨難的人生並由此而產生的悲情。」[72]的確，小說的悲情在於寫出了普羅大眾的生存狀態和生活質量，就像我們在小說中見到大家都說賣血之前要喝大量的水，而且不能排尿，這樣身上的血才會比較多，也降低血的濃度，還說賣血後去吃豬肝，就可以補充身體所失去的血。於是，許三觀每次賣血之前都如法炮製。這樣以訛傳訛的愚昧無知，到了幾年後許三觀得知曾經和他一起賣血的阿方就是因為憋尿，憋到膀胱破裂，身體敗壞，不能再賣血了，他才知道原來過去的觀念都是錯的。

此外，還有流言蜚語對人的非議的傷害也充分展現，城裡很多認識許三觀的人，在二樂和三樂的臉上認出了許三觀的鼻子和眼睛，可是在一樂的臉上，就找不到和許三觀相似的地方。他們

---

[72] 謝汝朵：〈血的“旅行”及其悲劇性——對余華《許三觀賣血記》的一次審視〉，《肇慶學院學報》，第30卷，第4期，2009年7月，頁22。

開始在私下裡議論:「他們說一樂這個孩子長得一點都不像許三觀,一樂這孩子的嘴巴長得像許玉蘭,別的也不像許玉蘭。一樂這孩子的媽看來是許玉蘭,這孩子的爹是許三觀嗎?一樂這顆種子是誰播到許玉蘭身上去的?會不會是何小勇?一樂的眼睛,一樂的鼻子,還有一樂那一對大耳朵,越長越像何小勇了。」[73]

這樣惹事生非的話傳到了許三觀的耳裡,接著引發一連串的蝴蝶效應。許玉蘭原是承認僅只在婚前和何小勇有一次關係,一直到屈服在外在的壓力底下默認了一樂是何小勇的小孩。其實可不可能一樂真是許三觀親生的?

在中國滿是災難的5、60年代,在困阨的大環境底下,人情的冷漠疏離更是在小說的文革批鬥的場景中屢見不鮮,例如,許玉蘭被掛上妓女的罪名被批鬥,連同兒子也不敢出門,因為一出門,認識他們的人都叫他們兩元錢一夜,叫得頭都抬不起來。

作者正是有意要透過這樣的描寫,強烈反襯出弱勢族群所需要的關注,藉此顯透出他對貧苦百姓的深切關懷。但他不僅從反面書寫,也從正面提醒人與人之間的溫厚情誼。

許三觀在往上海的途中結識了搖船的兩個年輕兄弟,真誠地分享他賣血的經驗,還以過來人的身分告誡他們,他一個常常賣血的朋友根龍就是在一次賣血後,腦溢血身亡:「你們往後不要常去賣血,賣一次要歇上三個月,除非急著要用錢,才能多賣幾次,連著去賣血,身體就會敗掉。你們要記住我的話,我是過來人⋯⋯」[74]而當這兩個兄弟得知許三觀連續賣血是為了救他兒子,但身體已虛弱到不能再賣血了,也以真情回報——

---

[73] 余華:《許三觀賣血記》,頁72。
[74] 余華:《許三觀賣血記》,頁277。

來喜說：「你說我們身上的血比你的濃？我們的血一碗能頂你兩碗？我們三個人都是圈圈血，到了七里堡，你就買我們的血，我們賣給你一碗，你不就能賣給醫院兩碗了嗎？」

許三觀心想他說得很對，就是……他說：「我怎麼能收你們的血。」

來喜說：「我們的血不賣給你，也要賣給別人……」

來順接過去說：「賣給別人，還不如賣給你，怎麼說我們也是朋友了。」

許三觀說：「你們還要搖船，你們要給自己留著點力氣。」

來順說：「我賣了血以後，力氣一點都沒少。」

「這樣吧，」來喜說，「我們少賣掉一些力氣，我們每人賣給你一碗血。你買了我們兩碗血，到了長寧你就能賣出去四碗了。」

聽了來喜的話，許三觀笑了起來，他說：

「最多只能一次賣兩碗。」

然後他說：「為了我兒子，我就買你們一碗血吧，兩碗血我也買不起。我買了你們一碗血，到了長寧我就能賣出去兩碗，這樣我也掙了一碗血的錢。」[75]

十年文化大革命的黑暗現實，雖然無奈地揭露了醜陋的多面人性，但卻並沒有完全抹煞掉人性、親情與道德，作者藉由對

---

[75] 余華：《許三觀賣血記》，頁278-279。

於人們生存環境的極大關懷，人與人之間的關懷與相互協助，不但歌頌優美的人性，也更在於呼喚和宣揚人性的溫情和人道主義。

三、結語

　　浙江省文學院的副研究員洪治綱探究包括余華在內的先鋒派作家，認為他們「對人與社會、人與自然、人與人以及人與自身之間關係的追索與思考，都抵達了一種新的思想高度。……只有對人類的存在進行永無止境的探究，才有可能找到真正能確立自己獨創價值的內在動力和審美源泉……」[76]在資源有限的生活條件與生存環境下，道德禮教都不如實際的糊口生存來得重要，但即使如此，親情與溫情還是永遠存在，這應該是《許三觀賣血記》所欲提示的「一種新的思想高度」。

　　的確，余華《許三觀賣血記》所提示的人文關懷與品質，聚焦在倫理議題，包括從關懷自我、群我、歷史文化、社會環境等廣義的面向，向讀者展現了各種人的生存狀態和內心情感，喚醒我們的自身意識，也讓我們審視人性的矛盾渴望與複雜多變，進而有更大的能量與愛心去關愛身邊的人事物。

　　在作者簡潔有力的敘事、幽默風趣的對話以及用心設計的情節安排中，展現著市井小民的人性晦暗與良善，體現其在深層的終極意義上對人類命運的關懷以及對於現實層面的關注。

---

[76] 洪治綱：〈無邊的邊徙：先鋒文學的精神主題〉，《文藝研究》，第6期，2000年，頁14。

　　因此，藉由本文的研究，相信可以提供「通識」課程在人文
教育上，不管是大陸文學、歷史或是人文關懷方面相當有價值的
參考資料。

社會寫實敘事：
劉震雲的小說特色

一、前言

　　上個世紀80年代末，90年代初的文壇，出現了以方方、池莉和劉震雲為主要代表的「新寫實」小說，其中劉震雲一直被評論家最為看好，因為他有屬於自己獨特的風格。

　　劉震雲，1958年，生於河南省延津縣。除了故鄉延津是他的情感焦點，他以他生長的那塊貧瘠多災多難的黃土地為主要的小說創作背景外，他也將他參加人民解放軍的新兵軍訓生活和參加高考補習班時的所見所聞，依其生活經驗與超人洞察力，寫進了小說裡。

　　他善於描寫小人物的生存境遇和人情世故，往往從生活中實際取材，比如他筆下的劉躍進就是以他的表哥為原型塑造的：「我一個表哥就叫劉躍進，曾在北京的一個建築工地當過廚子，他忠厚坦誠，又非常幽默。我直接把他的事情寫下來就成了小說。」[77] 又如，他在提筆寫《一句頂一萬句》前，開車出了北京，穿越河北，回到故鄉河南延津。小住幾天後，又開車經過開封、洛陽，最後拐到山西呂梁。在一條沒被汙染的河邊，他下車向一位光膀子種瓜的農民大哥問路，農民大哥對他說：「兄弟，

---

[77] 〈劉震雲談電視劇《我叫劉躍進》：拍出小說精髓〉，《河南日報》，
　　2010年8月18日。

你出門在外不容易。」這句話成了劉震雲這部長篇的敘述口吻和語調。

洪子誠評其作品說：「人性的種種弱點，和嚴密的社會權力機制，在劉震雲所創造的普通人生活當中，構成難以掙脫的網。生活於其間的人物，面對強大的『環境』壓力，難以自主地陷入原先拒絕陷入的『泥潭』，也在適應這一生存環境的過程中，經歷了個人精神、性格的扭曲。」[78]這段評論正好說出了劉震雲作品的重要特色，也把劉震雲對於人與環境的關係的關注加以提示。

本文將從呈現生存內容、充塞小市民意識、描寫飲食男女和凸顯生命欲望四個方面去探究劉震雲小說的「寫實」風格特色。

二、「寫實」風格特色

（一）呈現生存內容

完成於80年代中後期的《一地雞毛》，從日常生活最平常化的「豆腐」開頭。當時是中國社會的急劇轉型期，整個社會經濟文化發生巨大變化，人們關注於經濟利益的追逐，而忽略了夢想理念與核心價值。

小說從日常生活的描述而開展故事。樸實的語言敘述了普通市井百姓的生存艱辛、荒謬與無奈，以及被環境所迫的觀念的轉變。自視清高的小林和妻子都是外地人，大學畢業後留京工作，有了女兒和房子。然而，隨著現實生活的衝擊，小林的抱負理想

---

[78] 洪子誠：《大陸當代文學史下編（1980～1990年代）》，臺北：秀威出版社，2008年8月，頁205。

和鬥志銳氣一點點地被庸俗的社會染缸給腐蝕——為了調動工作，小林夫婦開始四處請託，送禮時，買貴的禮物不值得，買便宜的又送不出手，最後送了一箱可樂，被拒絕後，感到不愉快，也為花了錢感到心疼；對門鄰居為了讓他的孩子有個伴，便幫忙把小林的女兒也送進好的幼稚園，他們雖然感覺女兒成了「陪讀」的角色，但也只能像阿Q一樣自我安慰。

《一句頂一萬句》講述了一座小鎮裡人們的命運變遷，以及人與人之間的恩怨情仇。主題闡述：第一，世界上最可怕的事，是你把別人當成了朋友，別人並沒拿你當朋友。當你走投無路時，你想投奔的人，和你能投奔的人，到底有幾個。第二，一個人的人生，最大的幸事就是能遇見說得著的人；最大的不幸就是遇見了說不著的人還陰錯陽差綁在了一起；但是即便遇見了說得著的人，也不會一直說得著，人是會變的；有時，遇見了說得著話的人，也會因種種意外或不意外，就錯過了。這樣有些話只好永遠憋在心裡，悄悄地磨蝕著人生。所以只好不停地漂泊，不停地找。

《手機》也是呈現了改革開放後，人們面對生存環境的轉變的生存現況。因外遇離婚的嚴守一結識了教授沈雪，兩人開始交往後，沈雪注意到嚴守一的不尋常：公事包裡有許多女孩子的照片、將手機的響鈴方式改成震動、女人發來簡訊。沈雪哭著對他說：她是一個簡單的人，他太複雜，跟他在一起太累了，她無法跟他一起生活！

嚴守一因為說謊和沈雪爭吵，心緒很亂，突然在主持節目時忘詞了，這一集談的主題正好是「有病」，人為什麼心裡會有病呢？他說：「生活很簡單，你把它搞複雜了；或者，生活很複

雜，你把它搞簡單了。」[79]這正是他當時的寫照，他的「病」屬
於前者，因為貪念慾求不滿，讓他的生活變得複雜，在人格逐而
淪喪時，他的內心也在承受痛苦掙扎。

　　謊話連篇的嚴守一終究還是失去了沈雪。更遺憾的是為了向
沈雪證明他沒問題，出門前賭氣將手機留給了沈雪，而錯過了見
奶奶最後一面。奶奶是拉拔他長大的，生命中最重要的人，但如
今卻留下一生難以彌補的遺憾。出殯那天，他掏出手機，扔到了
火裡。他留下了眼淚，發現自己在世界上是個卑鄙的人。

　　在《我叫劉躍進》裡劉躍進的妻子和老闆李更生有了婚外
情，原以為孝順的兒子卻為了錢認李更生為父。李更生打了欠條
給劉躍進，內容聲明只要他六年內，不要打擾他們的生活，李更
生就付給他六萬塊錢。成為全村最大的笑話的劉躍進拿著欠條離
開河南老家到北京建築工地當廚子。

　　有一天，劉躍進穿上西裝去辦事情，在路邊聽到有人在唱
歌，還嫌棄人家，人家問他的身分，就吹牛說他在前面的工地蓋
房子，想贏得別人的尊重。結果卻惹來一個叫楊志的流氓搶走他
的包包。劉躍進的包包裡裝著他全部財產，最重要的還有李更生
打給他即將到期的欠條。劉躍進拜託朋友，請當地的流氓找搶包
的人。

　　而楊志搶了劉躍進的包後，就開始倒楣了，先是被人仙人
跳，丟了剛搶的劉躍進的包不說，居然還被弄得陽痿。後來，楊
志卻先被仇家曹哥找到了。曹哥要楊志替他潛入一間別墅去偷
錢，就算抵了彼此間的恩怨。結果不巧被屋主發現，於是他順手

---

[79] 劉震雲：《手機》，臺北：九歌出版社，2004年4月，頁233。

拿了女主人的包。

劉躍進跟蹤了楊志很久，竟然陰差陽錯地跟到了工地老闆的家。就在楊志失風跑出別墅時，他也追著他跑，楊志只好把女包丟在路邊繼續逃亡，於是這個老闆娘的包就落入劉躍進的手中。然而，巧的是這個女包裡面，有一個很重要的隨身碟，裡面除了有老闆外遇的離婚的證據，還有老闆掏空公款，為了調度資金，賄賂高官，其中的交易黑幕牽涉到上流社會的幾條人命。於是這些上流社會的人發出重金，先是聘僱徵信社，後是找黑道，務必要把東西拿回來。

劉躍進身處在這個利益至上，人吃人、人搶人、人偷人的社會，連他的兒子都要偷他。劉躍進從一個沒沒無聞的小人物，變成黑白兩道互搶的對象，權錢交易的雙方和竊賊、警察等懷著不同目的找尋劉躍進。

在小說裡，我們見到一群「披著羊皮的狼」，盡力把自己打扮成「羊」，善良和藹，親切熱絡；而弱勢的「羊」也努力裝腔作勢，裝大尾巴狼。劉躍進這個善良的人，像是一隻無辜的羊，造化弄人，意外闖入了狼群。但有情有義的他自認倒楣，卻不悲觀，所以他受到老天的眷顧，稍微有點算計的頭腦，把那些要抓他的黑白兩道，擺了好幾道。

（二）充塞小市民意識

在劉震雲的「寫實」小說裡不僅寫入了市井小民的物質需求，也含括了精神需求。

《一地雞毛》裡的小林買大白菜可以報銷，為了不吃虧，他一下子買了五百斤的大白菜；他原本都是實話實說的，但後來發

現在單位的生存之道就是要真真假假，因為說假話的人可以升官發財，說真話的反倒是倒楣受罰。所以，當他幫同學賣鴨子，被單位發現後，他選擇以謊言逃過領導的責難；他樂於助人，過去幫人辦事，只要能幫忙，他都馬上滿口答應。後來，發現成熟的做法應該是：能幫忙先說不能幫忙，好辦先說不好辦。所以，就在他幫查水錶的老頭將一件原是舉手之勞的小事，說成不好辦的難事辦成後，得到一台微波爐作為報酬，他更加確定自己過去的「幼稚」；過新年元旦，要給孩子幼稚園裡的阿姨送禮，他怕別人批評他寒酸，只能忍氣吞聲，向現實妥協，特別跑遍全城買到了高價炭火送給阿姨。放棄原本的自我、屈就環境與命運的他變得愈來愈卑怯、麻木。

小說裡從日常的柴米油鹽，寫出了人生有很多使不上力的種種無奈。

還有在《我叫劉耀進》裡我們見到互欠的社會，大家的債權債務永遠都無法清償，實際上，大家就算有錢也不會先還，都是先去買東西吃，犒賞自己，反正每次甩甩臉皮後，繼續拖欠著不還。永遠都說，很快就還錢，卻不知何時才會有錢。

至於精神方面的市民意識，在談及《一句頂一萬句》時，劉震雲表示：「痛苦不是生活的艱難，也不是生和死，而是孤單，人多的孤單。」[80]這部作品強調了「尋覓知音」的必要，也企圖探尋人生和生命的終極意義。

小說中的曹青娥與拖拉機手侯寶山，牛建國和他的戰友陳奎一，之間惺惺相惜的默契，無須多言。所以，曹青娥的私奔計畫

---

[80] 《新京報》專訪，2009年3月18日。

失敗，成為她人生最大的遺憾；而牛建國也才會苦尋陳奎一，期待再續友誼。

這部小說赤裸裸地揭露了中國農村的文化生態，也表達人們渴望解除寂寞孤獨、渴望被理解的期待。

（三）描寫飲食男女

要描寫人性就一定會涉及情愛，談論情愛就必須牽涉性慾。

《手機》裡伍月和嚴守一因公事相識。飯局時兩人都喝多了，伍月主動示愛，留下了房間號碼。嚴守一第一次知道了什麼叫「解渴」。伍月不同以往他遇到的女孩，因為伍月一個月沒任何消息，這反倒讓他主動打電話給伍月。之後兩人的情慾糾葛就越發不可收拾了。根據他以往的經驗，一個月後，對方就會提出要求。但半年過去了，伍月什麼也沒提。有一次他試問伍月他們的關係算甚麼？伍月奇怪地看著他說：「飢了吃飯，渴了喝水呀。」這個答案才讓他感到踏實。

一天晚飯前嚴守一打電話告訴于文娟，他要和製作人費墨開會吃飯，其實嚴守一是和伍月在車上偷情。

老家堂哥打電話到家裡，說嚴守一手機關機找不到他。於是于文娟打了費墨的手機，費墨幫嚴守一圓謊，卻在嚴守一偷腥回到家開機後，給嚴守一打了警告的電話，但手機卻被于文娟一把接了過去。這時伍月發來短信要他睡覺時別脫內衣，因為在車上咬過他。于文娟要嚴守一把衣服脫下來，當她見到一個大牙痕，便堅決提出離婚。

離婚後的嚴守一和沈雪穩定交往，卻讓伍月心裡很不是滋味。

離婚後生下嚴守一兒子的于文娟，拒絕嚴守一的經援，但于

文娟的哥哥要嚴守一幫于文娟找工作。嚴守一找伍月幫忙，並答應寫書序。在出版社開新書發表會後，伍月留了房間號碼給嚴守一，在激情的翻雲覆雨時，伍月用手機拍了他倆的裸照，並以此要脅他要讓她進他們公司。她還告訴他，她是用身體交換才幫他前妻安排工作的。之後，嚴守一躲著伍月，伍月卻發了裸照到嚴守一手機，而給沈雪抓個正著。嚴守一在複雜的男女關係中，失去了真心為他付出的沈雪。

《一句頂一萬句》裡沉默的牛建國愛上了不愛說話的龐麗娜，大家都覺得他倆性格正好。走入婚姻，生了孩子，也開始見面無話可說的日子。一開始覺得沒有話說是兩人不愛說話，後來才發現不愛說話和沒有話說是兩回事。

龐麗娜跟小蔣有了姦情，被小蔣老婆逮到了，她跟牛建國說，她在旅社房間外等了半夜，什麼都聽見了，她說他們一夜說的話，比小蔣跟她一年說的話都多。牛建國心裡憋悶，坐了一千多里的車到河北找到了當兵時結識的無話不說的杜青海。

牛建國直到遇見了章楚紅，才知道和女人說得上話是怎麼一回事。他和章楚紅歡愛不單是為了性，除了兩個人說得上話，還有在一起時的那份親熱。親熱完，還不想睡覺，就摟著說話。他倆無話不談，能互訴不能對他人說的心事，高興和不高興的事都能說。例如，出軌的妻子是牛愛國心上的一個傷口，一掀開就疼痛。他第一次跟章楚紅說他的妻子時還哭了；幾次舊事重提後，再說起妻子，便成了過去的話題。

劉震雲透過飲食男女的大慾描寫，真實展現了兩性的情慾需求。

（四）凸顯生命欲望

《手機》裡的李燕洗衣服時發現費墨口袋裡有一張房卡，費墨解釋說公司要在「友誼賓館」開會，李燕打電話給嚴守一求證時，故意把「友誼賓館」說成「希爾頓飯店」，沒想到嚴守一好意幫費墨圓謊卻幫了倒忙。李燕狂風暴雨般的厲聲批鬥後，費墨跟嚴守一解釋說其實這是誤會：「房間我是開了，但是沒有上去，改在咖啡廳坐而論道。左思右想，我心頭一直在掙扎，還是怕麻煩，二十年來都睡在一張床上，確實有點兒審美疲勞。還是農業社會好啊！那個時候，交通啊！通訊啊！你進京趕考，幾年不回，回來以後啊，你說什麼都是成立的！現在……」他從口袋裡拿出手機說：「近，太近了，近得人都喘不過氣來囉！」[81]

這部小說故事通俗，切合現實生活，但卻意義深長，深刻地揭發了人性與科技之間的緊張關係，讓我們重新思考手機在我們生活中的地位。手機究竟是縮短了溝通訊息的距離，還是拉遠了人們心靈真誠相對的距離？這是作者提供給讀者的思考。

《一句頂一萬句》裡的「楊百順」，名如其人缺少主見，順著時勢，無叛逆精神，卻坦誠真實。他把結識的朋友都當成知己，可是別人壓根不把他當回事。他時常受到欺負、耍弄，甚至背棄。他以為和他關係最好的鄰居老高，竟和他妻子偷情已久。他信主後雖然改名叫摩西，但他既沒有神的指引，也無處可去，更無人可以說話。

---

[81] 劉震雲：《手機》，頁255-256。

他為了尋找可以和他對話的養女而離開延津，在鄭州碰到了
妻子和老高，決定要捉姦，但是，到了「犯罪」現場，才發現這
對「姦夫淫婦」並沒有在幹什麼齷齪苟且的情事，反倒是滔滔不
絕地聊了一夜，那是他們夫妻間從沒有過的。這讓他警覺到，妻
子的出軌原因，與老高無關，而是他們夫妻之間缺乏溝通，沒有
話題可聊。相互說不上話才是他婚姻最大的失敗，於是，他亮出
的刀子硬是給掖了回去，放棄了殺人的念頭，離開鄭州。

牛建國也和楊百順一樣，雖被妻子戴上了「綠帽」，但後來
他們都發現自己頭上的「綠帽」，原來是自個兒親自戴上的，於
是他們開始展開發現自我之旅。

這些中國農民小人物，隨其靈魂的流浪找尋生命的價值與意
義，其中含括了不少辛酸、無奈以及找不到依歸的孤獨感。

三、結語

關於創作過程，劉震雲說創作對他最大的吸引力在於：「這
麼多年我的寫作讓我意識到，寫小說是認識朋友的過程。寫《一
地雞毛》的時候我認識了小林，他告訴我家裡的一斤豆腐餿了，
其實是一件大事。寫《手機》時，嚴守一問我謊話好不好？我說
不好。嚴守一說：你錯了，是謊話而不是真理支撐著我們的人生
每一小時每一分每一秒。劉躍進問我世上是狼吃羊還是羊吃狼？
我說廢話當然是狼吃羊。劉躍進說錯了！我在北京長安街上看到
羊吃狼。羊是食草動物，但羊多，每隻羊吐口唾沫，狼就死了。
到《一句頂一萬句》時，楊百順和牛愛國告訴我：朋友的意思是
危險，知心的話兒是兇險，說得有道理，我吃這虧吃得特別大。

這是創作過程中寫作對我最大的吸引力和魅力。我是個好作家，在生活中找到一個知心的朋友不容易，但我有個優勢是可以在書中找知心朋友。書中的知心朋友和現實中的不一樣，你什麼時候去找楊百順和牛愛國，他們都在那等著你。」[82]這段話正好印證他「寫實」的創作理念。

　　正因其通俗的寫實特點，於是他的許多小說拍成戲劇，除了《手機》成功地創造了小說與電影、藝術與市場的雙贏局面，創下獲全年賣座第一的紀錄，小說在臺灣出版時，獲小說家隱地與出版人等大力讚許。知名作家王朔稱劉震雲是唯一能對他構成威脅的人；還有《我叫劉躍進》也改編成劇本，讓兩種不同的文學形式達到了完美的結合，並由知名導演馮小剛改拍成電影，是中國大陸第一部文學電影的原著，還有他的《一地雞毛》改編成電視劇，被評為是經典劇集，受到廣大讀者和觀眾的喜愛。

　　劉震雲直面小人物的生存困境，站在小人物的立場，明言慾望和孤獨不只是知識者、菁英者的專有，不管是三教九流、五行八作，在心靈深處，都是為了尋找說得著的人而活著，都希望能與人溝通，並得到溫暖的撫慰，其作品提示了知足節慾的重要，充分展現其「寫實」的特色。

---

[82] 劉雪明：〈劉震雲：探尋中國式的孤獨〉，《烏魯木齊晚報》，2009年6月19日。

劉震雲小說的「草民敘事」特點

一、前言

　　上個世紀90年代初的文壇，出現了以方方、池莉和劉震雲為主要代表的「新寫實」小說，其中，1958年，生於河南省延津縣的劉震雲一直被評論家最為看好，從1982年開始創作，1987年起連續發表《單位》、《官場》、《一地雞毛》以來，引起廣大迴響，並建立屬於他自己獨特的風格。他的作品「一以貫之的精神是對小人物或底層人的生存境遇和生活態度的刻劃，對人情世故有超人的洞察力，用冷靜客觀的敘事筆調書寫無聊乏味的日常生活來反諷權力。」[83]

　　故鄉延津是劉震雲的情感焦點，他以他生長的那塊貧瘠多災多難的黃土地為主要的小說創作背景外，他也將他參加人民解放軍的新兵軍訓生活和參加高考補習班時的所見所聞，依其生活經驗與超人洞察力，寫進了小說裡。

　　他善於描寫小人物的生存境遇和人情世故，往往從生活中實際取材，比如他筆下的劉躍進就是以他的表哥為原型塑造的：「我一個表哥就叫劉躍進，曾在北京的一個建築工地當過廚子，他忠厚坦誠，又非常幽默。我直接把他的事情寫下來就成了小

---

[83] 陳思和主編：《新時期文學概說（1978～2000）》，桂林：廣西師範大學出版社，2001年11月，頁156。

說。」[84] 又如，他在提筆寫《一句頂一萬句》前，開車出了北京，穿越河北，回到故鄉河南延津。小住幾天後，又開車經過開封、洛陽，最後拐到山西呂梁。在一條沒被汙染的河邊，他下車向一位光膀子種瓜的農民大哥問路，農民大哥對他說：「兄弟，你出門在外不容易。」這句話成了劉震雲這部長篇的敘述口吻和語調。

劉震雲「運用凡俗化敘事（有人稱之為『草民』敘事），並體現出向凡俗心態的認同。這可以被看作社會現實境況對個人精神世界的壓迫，也是知識分子主體意識軟弱、存在著巨大的不完善性與不堅定性的證明。但同時也表明，劉震雲這樣不動聲色地敘述，是有意讓讀者感受到了這一切（包括生存的可悲處境，主體精神失落的必然趨勢等），這事實上也就是有效地體現出了其寫作的人文意圖。」[85]

「草民」指的是卑微弱小、生發於底層的普通小人物，不受關注卻有頑強的生命力。他們的生活態度只能被動地安分守己、按部就班。劉震雲為這群「草民」發聲，因為處於階層意識下的「草民」是沒有自主發言權的，因此，劉震雲的筆下出現了書寫生活瑣事與壓力——菜籃子、大白菜、豆腐、妻子、孩子、保姆、單位中的恩怨是非——的「草民敘事」。

洪子誠評其作品說：「人性的種種弱點，和嚴密的社會權力機制，在劉震雲所創造的普通人生活當中，構成難以掙脫的網。生活於其間的人物，面對強大的『環境』壓力，難以自主地陷入

---

[84] 〈劉震雲談電視劇《我叫劉躍進》：拍出小說精髓〉，《河南日報》，2010年8月18日。

[85] 陳思和主編：《新時期文學概說（1978～2000）》，頁159。

原先拒絕陷入的『泥潭』，也在適應這一生存環境的過程中，經歷了個人精神、性格的扭曲。」[86]這段評論正好說出了劉震雲作品的重要特色，也把劉震雲對於人與環境的關係的關注加以提示。

　　本文將以劉震雲的《單位》、《官場》、《一地雞毛》和《我叫劉躍進》四部中長篇小說切入分析，分為「反映『草民』的生存狀態」、「從不同流俗到隨波逐流」以及「在權力擠壓下的精神萎縮」三個方面，去探究劉震雲小說的「草民敘事」特點。

二、「草民敘事」的特點

（一）反映「草民」的生存狀態

　　民以食為天，在《單位》這篇小說中，一開始就從「五一」節單位分梨子開始暗喻這是個關於單位裡利益分配以及利益分配不均所發生的是非故事。

　　升職的老張用程式控制電話吩咐老婆回家時買一隻燒雞，展現了他十足的得意；對比職級低、待遇也低的自卑又愛面子的老何，老何顯得更是窩囊。不但分的爛梨捨不得扔，還為了把單位分的兩份菜、一只皮蛋端回家，只好找藉口要回去拉蜂窩煤。

　　再看小林夫婦對於事情的價值判斷也從食物可看出不同。老何答應幫小林入黨，小林買了一隻燒雞回家慶祝，結果小林的老婆埋怨他不該浪費錢買燒雞，買一根香腸就夠了。老何喬遷，騰出一間平房分給了小林，小林只買了一根香腸回家慶祝要搬家，

---

[86] 洪子誠：《大陸當代文學史下編（1980～1990年代）》，臺北：秀威出版社，2008年8月，頁205。

結果老婆反又埋怨他應該買一隻燒雞而不是一根香腸。可見「入黨」之於小林,「搬家」之於小林的老婆,其中的重要性是有所差別。

小說呈現了生活中各種瑣碎的日常小事的描寫:會餐、兩份菜、一瓶啤酒、一個皮蛋、打開水、掃地、女人鬥氣、爭取入黨、分房、搬家、有人升遷、有人降職……等等,都是反映市井百姓的平凡敘事。

《一地雞毛》被稱為新寫實主義的代表作也是這樣呈現生活瑣事的。這篇小說完成於中國社會急劇轉型的80年代中後期,那是一個讓人們拋棄核心價值理念,只關注追求經濟利益的時期。真實而深刻地呈現了改革開放的新形勢所帶給人們的身心靈的巨大衝擊。

小說也是從日常生活的——「小林家一斤豆腐變餿了。」[87]開展故事。作者以樸實的語言敘述了普通小民的生存艱辛、荒謬與無奈,以及被環境所迫的內心和外在的轉變。

自視清高的小林和妻子都是外地人,大學畢業後留京工作,有了女兒和房子。小林其實是個很容易知足的人,只要在日常中能討老婆歡心的,都能讓他開心。辦公室新到任的處長老關,雖一臉嚴肅,卻沒有壞心眼,在季度評獎,給小林評了個頭獎,多發給他五十塊錢。雖然五十塊錢不算什麼,但多五十塊拿回家總能讓老婆高興。

然而,隨著現實生活的衝擊,小林的抱負理想和鬥志銳氣一點點地被庸俗的社會染缸給腐蝕——為了調動工作,小林夫婦

---

[87] 劉震雲:《一地雞毛》,臺北:九歌出版社有限公司,2010年1月10日,頁178。

開始四處請託，送禮時，買貴的禮物不值得，買便宜的又送不出手，最後送了一箱可樂，被拒絕後，感到不愉快。小說描述說
——

> 「操他媽的，送禮人家都不要！」
>
> 又埋怨老婆：「我說不要送吧，你非要送，看這禮送的，丟人不丟人！」
>
> 小林老婆也說：「這個人怎麼這麼惡劣，這個人怎麼這麼小心眼！」
>
> 兩人便重新扛著飲料回家。因為禮沒有送出去，回家以後兩人又為買禮心疼了半天，四十多塊錢買一箱「可口可樂」放到家裡，這不是吃飽撐的？一箱「可口可樂」怎麼處理？退回商店，入口的東西人家一律不退，自己喝了吧，哪能關起門沒事喝「可口可樂」？過了兩天，還是老婆聰明，把「可口可樂」打開，時常拿出一筒讓孩子到院子裡去喝。過去從來沒買過飲料，也沒買過帶魚，孩子穿得破爛，在院子裡窮出了名。一次倒是買了一次帶魚，是賤價處理的，有些發臭，臭味跑到了樓道裡，讓對門印度女人到處宣揚，現在讓小女兒拿著「可口可樂」到處喝，也起一個正面宣傳的作用，也算這箱「可口可樂」買得沒有白費。只是工作的事仍沒有著落，仍是小林和小林老婆繼續窩心的問題。[88]

---

[88] 劉震雲：《一地雞毛》，頁194。

　　帶給小林生活壓力的，除了單位的調動外，老家人經常來訪，也在他的生活中造成經濟負擔和精神壓力。小林老家的父母總是炫耀著兒子在北京，並不懂小林的處境和心情，時常對家鄉人說：「我兒子在北京，你們找他去！」照理老家來鄉親敘舊小林應該高興，但經常來訪就高興不起來了，因為「農村比城裡人禮還多，同學朋友招待不好人家可以原諒，這些農村人招待不好他反倒不高興，回到老家說你。他們認為你在北京，來到北京理應該你招待，全不知小林在北京也是社會的最低層，也整天清早排隊買豆腐，只是客人來了，才多加兩個菜。有時小林看老家人那故作傲慢的樣子，不禁又好氣又好笑：你們在家才吃什麼！」[89]

　　老家人來，如果只是吃一頓飯那還好應付，但往往還有搞物資、搞化肥、買汽車、打官司等事情要小林去辦，離開時還要小林給他們買火車票。這些老家人根本不知道小林的為難，一開始小林愛面子，總覺得如果說自己什麼都不能辦，會讓家鄉人看不起，就答應試一試，但往往試也是白試，雖然有些同學分到了不同的單位，但都是剛到單位不久，還沒到掌權的地步，怎麼可能辦得成？免不了還是尷尬。之後，小林學聰明了，直接告訴他們：這事我辦不了！儘管說這話人家會看不起，但看不起是早晚的事，早看不起倒可以省下麻煩。

　　但小林的老家還是源源不斷來人，來了起碼吃一頓飯。小林老婆是城市人，城市到底比農村關係簡單，來的人很少。小林對於老婆家不來人，他老家人卻一直來訪對老婆感到內疚，然而當

---

[89] 劉震雲：《一地雞毛》，頁195-196。

老家人來訪成了常事，老婆當然臉色就不好了，漸漸地也不去買菜、不下廚。小林雖然怪老婆不給自己面子，但也怪自己老家不爭氣——

> 老家如同一個大尾巴，時不時要掀開讓人看看羞處，讓人不忘記你仍是一個農村人。對門印度女人就說過，看他們家那土樣，一家子農村人。弄得小林老婆很不高興。所以小林時常提心吊膽，一到下班，就擔心今天老家是否來人了？有時在家裡坐，一聽院子裡有人說外地口音，他就心驚膽戰，忙跑到陽臺上看，看這外地口音是否進了自己的門洞，如不是進這門洞，才鬆一口氣。雖然小林不盼望自己老家來人，卻盼望老婆那邊來人。那邊如也來人，小林故意熱情些，也可抵消一些自己這邊來人，讓老婆心理平衡一些。但人家來人少，讓小林時刻虧著心。[90]

後來，小林發覺對老家人越熱情，來的人越多，因此他學聰明了，就不再熱情。當然，人家就不高興，回去說你忘本。但忘本就忘本，小林想這個本有什麼可留戀的！小林還寫信給他父母，明白告訴他們他的困難，要他們以後不要好面子往他那裡介紹人。信寫好後，小林還故意讓老婆看，老婆沒領情，說是早知道他家是那樣，當初就不會嫁給他。小林馬上火了，指著老婆說當初把家庭情況跟她說過了，當時說不在乎，怎麼現在搞得好像他欺騙她。但鬥氣歸鬥氣，老家人還是照常來。久而久之小林老

---

[90] 劉震雲：《一地雞毛》，頁196-197。

婆也習慣了，無非是臉色不高興，但這就已經讓小林很滿意了。反正客人來了，就加魚或雞，沒有酒水。老家人不滿意，只好就讓他們不滿意，總比讓老婆不滿意要好。

在劉震雲的「寫實」小說裡不僅寫入了市井小民的物質需求，也含括了精神壓力。《一地雞毛》裡的小林買大白菜可以報銷，為了不吃虧，他一下子買了五百斤的大白菜；過新年元旦，要給孩子幼稚園裡的阿姨送禮，他怕別人批評他寒酸，只能忍氣吞聲，向現實妥協，特別跑遍全城買到了高價炭火送給阿姨。

在《我叫劉耀進》裡劉震雲則讓我們見到互欠的社會，大家的債權債務永遠都無法清償，實際上，大家就算有錢也不會先還，都是先去買東西吃，犒賞自己，反正每次甩甩臉皮後，繼續拖欠著不還。永遠都說，很快就還錢，卻不知何時才會有錢。

劉震雲的小說敘寫了極其平庸瑣碎不過的日常生活景況，他的小說的全部情節都是由這些日常瑣事構成的，場景不外乎就是職場、家庭、市場和學校，也讓讀者藉由這些現實生活裡的實際場景以及發生於此的看起來微不足道的小事，體會真實的生活面向就是由這些小事組成實際的生活內容。

（二）從不同流俗到隨波逐流

劉震雲的小說之所以能引起無數處於同樣境遇的讀者的共鳴，在於現實生活本身就是一大串的財米油鹽醬醋茶的生存瑣碎問題，就算你有再多再大的偉大夢想，也必須別無選擇地認同現實關係。

《單位》裡充滿理想的小林剛來單位時「學生氣不退」，

朝氣蓬勃、個性飛揚；但當他逐漸意識到生活的沉重壓力——結婚後沒房子、工資收入跟不上物價飛漲——他不得不轉變昔日大學生那種深惡痛絕世俗關係的個性，他只能妥協在那樣的人事逢迎，只能向沉重的生活低頭，加入小官僚的行列，謀求在單位裡提級長工資。

知識分子所以為知識分子是因為他們具有不同於他人的高度社會責任，他們應該要有「知其不可為而為之」的不甘屈服於艱難的獨立精神。陳思和評說劉震雲小說裡的諷刺精神的存在其實還是受到傳統知識分子人文傳統所支配的，它是「來自一種有社會責任感的知識分子對自己所賴以安身立命的人生原則的絕望。」[91]

原來的處長老張升任副局長後，副處長老孫就開始為了老張的空缺到處攀關係「活動」；從自以為「出汙泥而不染」的小林「幡然醒悟」後，他也開始為了爭取入黨，對每個同事都極盡巴結——除了給女老喬寫入黨申請書，一個月再寫一次思想彙報。還得經常找女老喬、老張、老河幾個黨員談心——但偏偏同事之間又互相猜忌，弄得小林顧此失彼，裡外不是人，到頭來白忙一場。

小林最後是在單位裡「像換了一個人」，他終於體會到，世界說起來很大，中國人說起來很多，但每個人迫切要處理和對付、彼此琢磨的也就那麼幾個人，沒有例外，從單位裡的任何職位都是。小林想混上去，混個副主任科員、主任科員、副處長、處長、副局長，最終小林還是只能隨波逐流「同流合汙」變成了

---

91 陳思和等：〈劉震雲：當代小說中的諷刺精神到底能堅持多久？〉，收入《理解九十年代》，北京：人民文學出版社，1996年，頁90。

一個規規矩矩、毫無自我特點的小公務員。

劉震雲切切實實地寫出了當代知識分子處於現實環境的困窘。

陳思和在1993年「當代知識分子的價值規範」的研討會上說：「我們面對的文化處境每況愈下，商品經濟的蓬勃發展與精神文化的萎靡不振形成一個強烈反差……這幾年經濟大潮起來，知識分子似乎連『責任感』也不再提，不敢提，或者不想提了。在日益見漲的消費水準與日益增多的經濟暴發戶面前，知識分子突然感到自慚形穢，知識分子在當代社會的形象就變得非常委瑣。」[92]的確，知識分子在計畫經濟體制下所居社會中心的傳統地位，已經隨之失落，也因此，我們見到劉震雲在言說自身，和整個知識分子階層時，所發出的吶喊，或所展示的型態各異的知識分子形象，都有一絲絲的對環境的抱怨與無奈。

《一地雞毛》裡的小林原本都是實話實說的，但後來發現在單位的生存之道就是要真真假假，因為說假話的人可以升官發財，說真話的反倒是倒楣受罰。所以，當他幫同學賣鴨子，被單位發現後，他選擇以謊言逃過領導的責難；他樂於助人，過去幫人辦事，只要能幫忙，他都馬上滿口答應。後來，發現成熟的做法應該是：能幫忙先說不能幫忙，好辦先說不好辦。所以，就在他幫查水錶的老頭將一件原是舉手之勞的小事，說成不好辦的難事辦成後，得到一台微波爐作為報酬，他更加確定自己過去的「幼稚」。

小林放棄原本自我的核心價值，屈就環境與命運的他變得愈來愈卑怯、麻木。小說裡小林有一段內心獨白：「什麼宏圖

---

[92] 陳思和：〈當代知識分子的價值規範〉，《上海文學》，1993年7月，頁67-71。

大志，什麼事業理想，狗屁，那是年輕時候的事，大家都這麼
混，不也活了一輩子？有宏圖大志怎麼了，有事業理想怎麼了？
『古今將相在何方，荒塚一堆草沒了！』一輩子下來，誰還知道
誰！」[93]有時小林想想又感到心滿意足「雖然在單位經過幾番折
騰，但折騰之後就是成熟，現在不就對各種事情應付自如了？只
要有耐心，等待，不急躁，不反常，別人能得到的東西，你最終
也能得到。譬如房子，幾年下來，通過與人合居，搬到牛街貧民
窟，貧民窟要拆遷，搬到周轉房，幾經折騰現在不也終於混上了
一個一居室的單元？別人家已開始有冰箱彩電，小林家沒有，讓
小林感到慚愧，後來省著攢著，現在不也買了？當然現在還沒有
組合家具和音響，但物質追求哪裡有個完。一切不要急，耐心就
能等到共產主義。」[94]

由此可深刻感受小林的人性沉淪和人格枯萎。原本在大學時
曾有過宏偉的理想，對生活和工作有著極大的熱情，但生存是無
法躲避且必須解決的大事。小林在「精神」與「物質」的嚴峻拉
扯中載浮載沉，最後後者贏了前者，他被殘酷無情、平淡庸碌的
現實生活一點一滴地銷蝕、磨損、碾碎、扼殺，取而代之的是洞
悉世態炎涼的世故老練——得過且過、麻木不仁、消極順應。

小說描寫了小林處於轉型期的中年知識分子，承擔著社會和
家庭生活的責任和壓力，同時還對未來充滿著未知的徬徨，在尋
求自我實現的過程中是如此地矛盾無力與無可奈何。他想盡力去
改變，卻又被現實環境折騰得疲憊不堪，無法改變；但若不得不
改變，卻又徘徊於改變後的未知。他似乎認知到知識分子的身分

---

[93] 劉震雲：《一地雞毛》，頁184。
[94] 劉震雲：《一地雞毛》，頁185。

「有時成為其謀取生存利益的巨大障礙。最後迎接他們的生存命運是：澈底消弭掉知識分子身分，或者麻木個人敏銳的感知世界和批判世界的能力，混跡於普通市民之中，被動地融於世俗；或者無法將自我精神價值實現與世俗生存方式和解，最後生命萎靡以致自殺身亡。」[95]

　　小林這個形象豐富複雜的知識分子，讓我們見到了儒林百態在環境變遷下的生活底蘊，從堅持固守讀書人的道德情操、掙扎於十字路口的慾望化的痛苦，到棄守原則、隨波逐流向金錢權利投降的無奈。

　　劉震雲的小說寫出了他筆下處於官場中的人物無法擺脫由來已久的習慣勢力，在被官場權力霸凌、被現實物質生活脅迫、無力抵抗世俗的壓力，任意被生活擺布的無可奈何的隨波逐流。在逆來順受的妥協下，其孱弱的心靈所經歷的矛盾、滄桑和自我變形等心靈軌跡的演變，都讓我們見識到當代的官場、政治文化以及知識分子的使命感被棄守的歷程。

（三）在權力擠壓下的精神萎縮

　　在中國大陸20世紀80年代中後期，凸顯了相當多的社會問題，於是應運而生了以表現世俗百姓庸碌生活與精神狀態為主要書寫內容的寫實小說，小說主題呈現了人們面對殘酷現實的精神耗弱以及對未來的渺茫。劉震雲的《官場》更是透過官場的複雜──權力鬥爭與金錢掛鉤──去呈現該主題。

　　在官場上受到權力擠壓的精神萎縮基本上有兩種人：一種是

---

[95] 張文紅：《倫理敘事與敘事倫理／90年代小說的文本實踐》，北京：社會科學文獻出版社，2006年1月，頁210-211。

徬徨在美好的抱負理想與殘酷的陰暗現實中、在正義與邪惡的抗
衡中載浮載沉的人，掙脫不得的現實問題一點一滴銷蝕磨損著他
們正確的核心價值，使他們陷在其中痛苦不已；另一種人是在權
力的壓迫下妥協，作出違背良心的事，就算僥倖沒被揪出，然一
輩子也會受到良心的譴責，無休無止的糾纏，這是另一種的精神
萎縮。

《官場》的時代背景設定在改革開放初期的權力本位的黑暗
環境。甯康市市長董渭清以不正常手段擠掉原市委書記陳德霖，
董渭清以為下一任甯康市市委書記一職非他莫屬。但計畫趕不上
變化，孰料省委任命的市委書記並不是他，而是與甯康市毫無關
係的江雲天。於是，被吳副省長一手提拔起來的董渭清與新任市
委書記江雲天之間圍繞著三個重大事件——不同利益集團的鬥
爭、旅遊開發區工程的腐敗案件以及機器廠假冒全自動設備生
產線的國際官司——在此三個事件中展開一場又一場驚心動魄的
官場鬥爭。

在變幻莫測的明爭暗鬥中，我們見到小說中如魚得水的「小
人」以及舉步維艱的「君子」，小說以官場的爾虞我詐和權利
角逐，輕易揭露了社會權力機制對平民百姓的異化以及心靈的
摧殘。

但可別以為官場裡的「官」就過得比「民」如魚得水、優
游自在，這些在上位的「官」也隨時得擔心一個不小心就被貶成
了「民」。就像《單位》裡混得還算有聲有色的老張，不費吹灰
之力升了副局長。主要是因為局長與副部長兩派為拔擢自己的親
信而鬥爭，最後竟讓老張漁翁得利。老張有自己專屬獨立的辦公
室，上下班有小車接送，分了五間一套的大房子，雖然如此，但

他還是得隨時注意每個人的臉色和反應，他隨時得擔心稍有疏忽或閃失就會栽跟頭。於是，在小說裡我們見到他剛提升時，一下子還拋不掉原本小處長的自卑感，和別的副局長打招呼時還小心翼翼的。由此我們可以得知權力網路對人們所扮演的社會角色的支配，並由此體會他們為了適應社會、求生存的精神扭曲與壓抑。

至於「民」更是苦不堪言了。劉震雲極盡描寫其渺小平凡、可憐可悲與愚蠢可笑的樣貌——處心積慮想當上處長的老孫，自我折磨，最後竟氣到住進了醫院；工作了二十年的老何，七口人還擠一間房，為此感到窩囊又自卑，終於等到提升為副處長，有了兩間房時，竟可憐巴巴感慨地哭了；小林並不樂意去給張局長刷馬桶、倒便紙簍，也不願意在假日帶著禮物去拜訪滿身狐臭的女老喬，但他從老何身上找到借鏡，他不得不委屈自己「為五斗米折腰」，他不想以後變成老何的翻版；而女老喬呢？她三十二年的青春生命也在單位這種殘酷無情的生活中消耗了。

人在生存的轉變過程中，無法「做自己」的痛苦，劉震雲也藉由小林靈光一現的理性、懷疑和批判意識加以展現，然而，那短暫的自責與反省的靈光一現也只是一閃而過，終究他還是要向現實環境臣服。

從小林老家來了十幾年沒見且曾對他有恩的老師，小林原想熱情地招待恩師，但小林最後卻有礙於家裡鄙陋的經濟條件，思考過後，他還是放棄了要招待老師的心意。又如：對門鄰居要送他的孩子上好的幼稚園，為了讓他的孩子有個伴，便幫忙把小林的女兒也送進同一所幼稚園，為此小林「像吃了馬糞一樣感到

齷齪」[96]，感覺女兒成了「陪讀」的角色，然而最後他也只能像阿Q般自我安慰，告訴自己：齷齪歸齷齪，總還是得讓孩子繼續去那家幼稚園。

再看小林被一個賣鴨子的老同學拉去幫忙收帳，起初覺得有些丟人現眼，感到很不好意思。可是幾天後，當小林發現賺錢十分容易，也就看在錢的份上，厚著臉皮習慣成自然了，小說中形容他說：「小林感到就好像當娼妓，頭一次接客總是害怕、害臊，時間一長，態度就大方了，接誰都一樣。」[97]這種精神上的妥協擺在現實生活面前，似乎也讓人可以接受而同情。

小林愛看足球賽，本想半夜起來看電視轉播世界盃，卻被老婆罵了一頓，因為他明天要早起去拉蜂窩煤。相當不情願的小林一夜沒睡著，因為他終於想通了：蜂窩煤遠比看球賽要重要得多，因為前者就是生活，是最重要的事；後者是虛幻的奢侈。他對老婆表示：「其實世界上事情也很簡單，只要弄明白一個道理，按道理辦事，生活就像流水，一天天過下去，也滿舒服。」[98]這一段話相當可悲地表達了小林的精神世界逐漸被挖苦，為了過日子他不能再有任何不切實際的理想以及精神空間的追求。

小林所表現出的世俗化，其中隱藏了多少羞辱、酸楚與無奈。為了生存，不讓自己寸步難行，他無從選擇，只能拋卻自尊，消極被動的順應現實。因此他的精神便在擠壓中一點一滴地磨掉他原本張揚的個性。

---

[96] 劉震雲：《一地雞毛》，頁219。
[97] 劉震雲：《一地雞毛》，頁225。
[98] 劉震雲：《一地雞毛》，頁236-237。

小林「置身於生存的沉重壓力之下，在毫不間斷的生存的跌爬滾打中，難以有機會從容地聽從於內心，不得不墜入到無邊的生存網路中。這同時也就註定了他已澈底喪失再度發展自我，抑或改變這種生存狀況的可能，聽任自己的精神世界愈加滑向平庸和貧瘠，人生的過程也就意味著喪失自己的過程。」[99]

其實小林是很容易滿足的，他知道人生有很多使不上力的無奈，所以，他只要想到妻子可以用微波爐烤雞給他配啤酒喝，他也就很知足了。小說最後，小林夢見一地的雞毛和螞蟻般的人群──「半夜做了一個夢，夢見自己睡覺，上邊蓋著一堆雞毛，下邊鋪著許多人掉下的皮屑，柔軟舒服，度年如日。又夢見黑壓壓無邊無際的人群向前湧動，又變成一隊隊祈雨的螞蟻。」[100]日有所思夜有所夢，小林難以擺脫現實生活壓力的糾纏，竟在夢中找到某一種象徵性的掙脫與自覺。

在《我叫劉躍進》裡劉躍進也是被階級權力壓迫的弱勢者。

劉躍進的妻子和老闆李更生有了婚外情，原以為孝順的兒子卻為了錢認李更生為父。李更生打了欠條給劉躍進，內容聲明只要他六年內，不要打擾他們的生活，李更生就付給他六萬塊錢。成為全村最大的笑話的劉躍進拿著欠條離開河南老家到北京建築工地當廚子。

有一天，劉躍進穿上西裝去辦事情，在路邊聽到有人在唱歌，還嫌棄人家，人家問他的身分，就吹牛說他在前面的工地蓋房子，想贏得別人的尊重。結果卻惹來一個叫楊志的流氓搶走他的包包。劉躍進的包包裡裝著他全部財產，最重要的還有李更生

---

[99] 陳思和主編：《新時期文學概說（1978～2000）》，頁158。
[100] 劉震雲：《一地雞毛》，頁237。

打給他即將到期的欠條。於是劉躍進拜託朋友，請當地的流氓找搶包的人。

而楊志搶了劉躍進的包後，就開始倒楣了，先是被人仙人跳，丟了剛搶的劉躍進的包不說，居然還被弄得陽痿。後來，楊志卻先被仇家曹哥找到了。曹哥要楊志替他潛入一間別墅去偷錢，就算抵了彼此間的恩怨。結果不巧被屋主發現，於是他順手拿了女主人的包。

劉躍進跟蹤楊志很久，竟然陰差陽錯地跟到了工地老闆的家。就在楊志失風跑出別墅時，他也追著他跑，楊志只好把女包丟在路邊繼續逃亡，於是這個老闆娘的包就落入劉躍進的手中。然而，巧的是這個女包裡面，有一個很重要的隨身碟，裡面除了有老闆外遇的離婚的證據，還有老闆掏空公款，為了調度資金，賄賂高官，其中的交易黑幕牽涉到上流社會的幾條人命。於是這些上流社會的人發出重金，先是聘僱徵信社，後是找黑道，務必要把東西拿回來。

劉躍進從一個沒沒無聞的小人物，變成黑白兩道互搶的對象，權錢交易的雙方、竊賊和警察等懷著不同目的找尋劉躍進。

劉震雲筆下的人物都展現了生存的無可奈何，不管是知識分子或是市井小民都無法靠自己實力，主宰自我的生命。《單位》裡的小林買的蟈蟈籠子讓女小彭發出了快樂的笑聲，但是和女小彭有矛盾情結的女老喬就因此不准小林入黨，完全漠視小林之前對她的討好奉承。小林想要入黨、分房子和調動都得在單位錯綜複雜的人際關係中，通過層層合理與不合理的「考驗」才得以獲得許可。處於這種荒誕非邏輯、非秩序常規的這些小人物，面對艱難的生計，顯得更是卑微弱小，在精神上承受極大的痛苦磨折。

劉震雲關注那些在底層被權力壓迫的精神萎縮的小人物，在為他們發聲的同時，也讓我們看到世俗權力如何扭曲人性、侵蝕原本的理想價值觀與想望中的工作熱忱，把原本懷抱著像李白「安能摧眉折腰事權貴」，有個性、清高、正義的知識分子「蛻變」成市儈現實的小民，成為具有模糊面貌且「失語」的一群。

三、結語

關於創作過程，劉震雲說創作對他最大的吸引力在於：「這麼多年我的寫作讓我意識到，寫小說是認識朋友的過程。寫《一地雞毛》的時候我認識了小林，他告訴我家裡的一斤豆腐餿了，其實是一件大事。寫《手機》時，嚴守一問我謊話好不好？我說不好。嚴守一說：你錯了，是謊話而不是真理支撐著我們的人生每一小時每一分每一秒。劉躍進問我世上是狼吃羊還是羊吃狼？我說廢話當然是狼吃羊。劉躍進說錯了！我在北京長安街上看到羊吃狼。羊是食草動物，但羊多，每隻羊吐口唾沫，狼就死了。到《一句頂一萬句》時，楊百順和牛愛國告訴我：朋友的意思是危險，知心的話兒是兇險說得有道理，我吃這虧吃得特別大。這是創作過程中寫作對我最大的吸引力和魅力。我是個好作家，在生活中找到一個知心的朋友不容易，但我有個優勢是可以在書中找知心朋友。書中的知心朋友和現實中的不一樣，你什麼時候去找楊百順和牛愛國，他們都在那等著你。」[101]這段話正好印證他寫實的「草民敘事」的創作理念。

---

[101] 劉雪明：〈劉震雲：探尋中國式的孤獨〉，《烏魯木齊晚報》，2009年6月19日。

在本文所探究的劉震雲的小說中，我們除了見到現實殘酷的職場與政治的權力網路、人事糾紛以及矛盾衝突，也見到了人們汲汲營營的功利追求，在滿足無窮慾望的同時，完全忽略了生活的本質與生命存在的價值。

在官場文化的鬥爭裡，你可能是倖存者，也可能是犧牲品。你在單位裡被強大的權勢壓榨，然後摸摸鼻子又為了保障或追求自己的利益去犧牲可以犧牲的人的利益，雖說得到了物質慾望的暫時滿足，卻在精神上永遠無法擺脫曾帶來的精神衝擊與侮辱。就像《單位》和《一地雞毛》裡彼此詐取的人物一樣，那是相當可悲，值得讀者深思。因此，劉震雲也在《官場》裡透過省委書記許年華這個人物的下場提出告誡——許年華雖對官場的權力操作如魚得水，但最終卻仍在整體的權力角逐中成了犧牲品。

劉震雲的創作基調在於還原生活本來的生態樣貌，在《一地雞毛》和《單位》裡的人物其實本質都是良善的，不算是反面人物，若他們有任何傷害人的舉措，都是因為「人不為己天誅地滅」的人性自衛本能。可見劉震雲還是相信人性本善，天理昭彰，因此他也讓他筆下的劉躍進雖身處在那個利益至上，人吃人、人搶人、人偷人的社會，連他的兒子都要偷他，但卻讓劉躍進這個意外闖入「狼群」的善良的人，能夠受到老天的眷顧，安排他稍微有點算計頭腦，把那些要抓他的黑白兩道，擺了好幾道。

劉震雲直面小人物的生存境遇和態度，站在小人物的立場，明言慾望和精神上的孤獨不只是知識者、菁英者的專有，不管是三教九流、五行八作，在心靈深處，都是為了能在屬於自我正確的價值觀與存在的價值感而活，都希望能真誠與人溝通，並得到溫暖的撫慰，其作品提示了知足節慾的重要。

　　總之，劉震雲以生活化的情節、生動真實的語言，冷靜而客觀地描寫人生的生存狀態，寫職場上的算計、寫人性的陰暗——卑劣瑣碎、寫「人在江湖身不由己」、寫人在物慾誘惑下的軟弱無能，將人心的險惡展露無遺，充分展現其「新寫實——草民意識」的特色。

　　此外，除了描寫知識分子的無奈，劉震雲也有意以諷刺的手法提示知識分子面對社會轉型期所該有的擔當與道德勇氣，有意讓讀者藉由其作品反思如何堅守原則，進而尋覓並重建其人格。因此筆者肯定劉震雲的小說是有其特殊的歷史價值與定位的。

論畢飛宇小說的女性心理描寫

一、前言

　　畢飛宇，被大陸文壇戲稱為「得獎專業戶」，他從20世紀80年代中期開始開始寫作，便頻頻獲獎——首屆魯迅文學獎的短篇小說獎、多次獲得《人民文學》小說創作獎、三屆《小說月報》百花獎、兩屆《小說選刊》獎、首屆中國小說學會獎⋯⋯等，是當代中國大陸炙手可熱的小說家。

　　畢飛宇的小說有其大眾通俗性，文字通俗，情節緊湊，具戲劇的高潮張力，不重寫景，善寫女性，尤其是女性的內心，也寫平民老百姓的活動、想法、思維與愛恨，人物鮮活分明又飽滿，因此，容易被普羅大眾所接受。作品曾被改編拍攝成電影《搖啊搖，搖到外婆橋》以及電視連續劇《青衣》，影視傳播大大提升了他的知名度。

　　畢飛宇寫得最精彩的是女性角色，淋漓盡致地寫出了女人的愛恨嗔癡、勾心鬥角、虛偽做作、扯謊嫉妒、飢渴空虛、殘暴憐憫，從《青衣》裡的筱燕秋，到《玉米》小說中的三姊妹玉米、玉秀、玉秧，被譽為「寫女性心理最好的男作家」[102]。對於被譽為擅長寫女性，畢飛宇表示：「我是一個男人，男人對女性的關

---

[102] 百度百科：http://baike.baidu.com/view/292281.htm#5。

注往往是誇張的，甚至偏執，這裡頭一定有無意識的有意。我必須服從一個男人的感受，是吧？對我來說，那些不講理的關注，那些沒有來由的關注，往往是小說的關鍵。」[103]

畢飛宇年輕時曾任教於南京特殊教育師範學校，那時他就和殘障人士結下了不解之緣。所以，繼《平原》後，又在2008年的《人民文學》發表他的第二部長篇小說──《推拿》。畢飛宇為了人物的飽和度與真實性，不過度矯情地給予殘障人士同情與關愛，而是站在尊重的立場，中肯而持平地去觀照那一群盲人推拿師內心深處的黑暗與光明。在這兩部長篇中也有相當出色的女性人物。

畢飛宇是寫女性的高手，在他的作品中寫女性的良性與惡性的競爭，有兇殘、有慾念、有掙扎、有幻滅，在特定的時代政治背景下，不但讓我們見識了女性的軟弱依賴，也展現其堅強意志，充分顯出女性特質的全面。

本文將從「善妒‧好勝」與「實際‧勇敢」兩方面，研析畢飛宇小說中女性人物的心理描寫。

二、女性心理描寫

（一）善妒‧好勝

女性的嫉妒心理最常表現在兩個方面：一是「愛情」：指的是自己所愛的人與其他人的接觸而產生的妒嫉；二是「聲譽」：

---

[103] 畢飛宇：《推拿》，臺北：九歌出版社，2009年6月，〈序〉。

指的是見不得別人優於自己而產生的妒嫉。在畢飛宇的小說裡，前者有《平原》裡的吳蔓玲；後者則是《青衣》裡的筱燕秋。

《平原》裡吳蔓玲是王家莊的大隊支部書記，平易近人，見人就笑，為了拉近和貧下中農的距離，開始學王家莊的土話。剛開始大家還會關心她的婚姻，後來大家才漸漸避諱談她的姻緣，因為她畢竟做上了村支書，沒有相應的條件，誰有資格娶她呢！

但是，吳蔓玲其實是渴望愛情婚姻的，在她的好姊妹志英要出嫁時，她感慨萬千，因為志英長得並不漂亮，但她的丈夫卻相當寶貝她。吳蔓玲感動了，有了嫉妒的成分，相當地刺骨，一下子戳到了心口。這麼多年了，從來沒有小夥子用那樣深情的目光看過她。她那顆高傲的心被什麼東西挫敗了，湧出了一股憂傷。

吳蔓玲在暗地裡尋找過配得上和她談戀愛的人只有端方，因此，當三丫和端方的情事被傳開了，吳蔓玲為此感到傷心難過，覺得她被三丫比了下去。她對三丫產生了嫉妒，也在目光裡對端方有了責備。

女人看見自己中意的男人與別的女人約會或發展親密關係時，特別是被她認定為比自己條件差的女人，居然得到青睞，此時女人心理會產生莫名的強烈嫉妒。

再看有關「名譽」的嫉妒。《青衣》裡的筱燕秋不僅嫉妒她的前輩演員李雪芬，也和她的徒弟春來較勁。

演青衣的十九歲的筱燕秋不能容忍李雪芬用巾幗唱腔，更不能忍受她還得意洋洋、虛情假意地和她商量唱腔處理，所以，當她倆在後臺相遇時，她把一杯熱開水「呼」地一下澆在了李雪芬的臉上。這件事讓老團長氣得罵筱燕秋名利薰心，毀就毀在妒良材，也讓筱燕秋的演出生涯暫停了。

筬燕秋在生命的低潮，把自己嫁了，也生了女兒，日子過得還算平順，一直到離開舞臺二十年後，筬燕秋被一個老闆相中，有了重新登臺的機會。她的生活因此而起了波瀾。

和老闆的見面，對老闆而言只是一次娛樂活動的交際，然而，卻是筬燕秋一生中的一件大事。筬燕秋的後半生如何，完全取決於這次見面。

筬燕秋用她半個月的工資精心地裝潢她自己。美容師的手指非常柔和，但她感到了疼。筬燕秋覺得自己不是在美容，而是在對著自己用刑。「男人喜歡和男人鬥，女人呢，一生要做的事情就是和自己做鬥爭。」[104]。

筬燕秋在戲校待了二十年，教了那麼多學生，卻沒有一個能唱出來。筬燕秋對自己是澈底死了心了，然而，畢竟又沒有死透——

> 一個人可以有多種痛，最大的痛叫做不甘。筬燕秋不甘。三十歲生日那一天筬燕秋就知道自己死了，十年裡頭筬燕秋每天都站在鏡子面前，親眼目睹著自己一天一天老下去……她無能為力。焦慮的過程加速了這種死亡。用手拽都拽不住，用指甲摳都摳不住。說到底時光對女人太殘酷，對女人心太硬，手太狠。[105]

為了重新登臺準備，減肥是當務之急。減肥的前期是立竿見影的，她的體重如同股票遭遇熊市一樣，一路狂跌。身上的肉少

---

[104] 畢飛宇：《青衣》，臺北：九歌出版社，2010年9月，頁255。
[105] 畢飛宇：《青衣》，頁261。

了，但皮膚卻意外地多了出來。多出來的皮膚使筱燕秋的臉龐活脫脫地變成了一張寡婦臉——沮喪而絕望。接著營養不良，便是精力不濟了。當筱燕秋在給她的徒弟示範一段唱腔時，居然「唱破」了，那是任何一個靠嗓子吃飯的人最丟臉的事。

筱燕秋有意無意地拿自己的外表和春來做起了比較。她想起了當初復出時的那種喜悅，卻在此時蕩然無存了。筱燕秋產生了打退堂鼓的念頭，卻又捨棄不下。雖說春來的表演還有許多地方需要磨練，然而，年輕的春來超越她也就是眼前的事了，她突然一陣酸楚難受。

筱燕秋知道自己嫉妒了，卻又痛恨起自己，她不能允許自己嫉妒。她站起身來，決定幫春來排練，不允許自己有半點保留。可後來筱燕秋迷惑了，她停下來，側著看春來。春來不知道自己的老師怎麼了，也端詳著老師。筱燕秋繞到了春來的身後，開始用她的身體接觸春來的身體並開始用手撫摸她。夢醒之後的筱燕秋無限地羞愧與悽惶，她弄不清自己剛才到底做了些什麼。春來撿起包，衝出了排練大廳。後來，春來通過電視臺面試，表示要離開。筱燕秋強烈挽留並表明要讓位讓她演A檔。

筱燕秋為了登臺和資助該戲的老闆有了關係前，肚裡就有個小生命了，但為了登臺，她必須瞞著丈夫找醫生開流產藥，她不能做手術。而刻意遠離丈夫的求歡，結果就是夫妻失和。

彩排的戲量筱燕秋與春來原是一人一半的。但筱燕秋沒有同意，她只在尾聲時演了一小段，算是壓軸，因為她流產才五天，身子還軟，氣息還虛，她對自己的身體沒有把握。可等到真正公演時，筱燕秋一口氣演了四場，她卻是說什麼也不讓春來演出。後來，筱燕秋突然發起了高燒，下身又見紅了。醫生說內膜感

染，還是得做手術，她不答應，最後妥協等演出結束再作手術，於是醫生要她吊兩瓶點滴。吊點滴時，她幾乎昏睡過去，醒來後，搭車衝進化妝間時，見到春來已經上好妝登臺了。

筱燕秋回到了化妝間，無聲地坐在化妝臺前請化妝師幫她梳裝，最後她鎮定自若往劇場門外走，在門口邊舞邊唱。

筱燕秋還是輸了，輸給了她年輕的徒弟春來。最後，這個寂寞的嫦娥只能在冬天下雪的寒冷劇場外，獨自數著行板，低吟著為自己的悲劇人生而唱。

總的來說，女人的善妒其中還包括不服輸的好勝心。強烈的好勝心理讓女人愈是想在挫折困頓中，突破重圍。

《玉米》裡玉米的母親終於在連生了七個女兒之後，生了兒子。長女玉米主動帶起弟弟，也當家持事。

玉米的父親——王連方當了二十年的村支書，生活淫亂，與不少女人發生過關係，其中最討王連方歡心的就是有慶家的女人。玉米很替母親寒心，對有慶家的真是又恨又嫉妒，嫉妒的是她有一種出眾的不尋常高人一等的勁道。

有一天，玉米抱著弟弟四處轉悠，不全是為了帶孩子，還有另外一層更重要的意思。玉米和人說著話，毫不經意地把弟弟抱到一些人的家門口，那些人家的女人都是和她父親上過床的。玉米站在她們家的門口，就站住不走，一站就是好半天，用意是在替她母親爭回臉上的光，特別是生不出孩子的有慶家的。

有一天王連方出事了，他和秦紅霞在床上，被秦紅霞的婆婆堵上了。王連方因此被開除了。他們王家就這樣倒了。為了家計，王連方出遠門學手藝，一個家的重擔就落在玉米身上。除了家務，玉米還要處理在學校惹了麻煩的妹妹，但在變動的環境

中，她卻是愈挫愈勇的成長。

玉米沒有把家裡的變故告訴經由相親而在交往中的彭國梁，她不想讓他看輕他們家，她想只要他在部隊上出息了，他們家一定可以從頭再來。誰知，後來兩個妹妹晚上去看電影，卻被輪暴了。消息傳到了彭國梁耳裡，他退回了過去玉米寫給他的信。夜深人靜，玉米懷念起之前彭國梁休假到她家，在她家廚房和她的親密，她忍著慾望，守住她的最後一關。想到此，玉米撫摸著自己，卻感到遺憾，同時自己破了自己的處女之身。

王連方後來給玉米介紹了個領導——郭家興，妻子已經癌症末期，一離世，就計畫再娶。玉米是在郭家興的安排下被車子送到了旅社，玉米並不抗拒郭家興的安排，完事後，郭家興檢查了床單，說了句：「不是了嘛。」玉米心裡很虛，想哭又不敢，懊悔著如果當時給了彭國梁也甘心。郭家興抽了根煙後，再次翻到玉米身上，並要她在城裡多待幾天，她的心終於踏實了。玉米決心要利用嫁人的機會把家裡的面子掙回來。

玉米之所以能夠逆轉勝，都是因為她的善妒和好勝心助了她一臂之力。

（二）實際‧勇敢

玉米是個實際型的女人，她清楚知道自己的追求與目標，所以當她有機會遇上可以讓他們家翻身的長期飯票，她用心地經營婚姻討好郭家興。當郭家興的女兒和他有矛盾，玉米陪著他嘆了一口氣，勸解說：「還是孩子。」他還在氣頭上，玉米仰著頭直望著他，眼眶裡頭貯滿了淚光，一閃一閃的。玉米一把拽住他的

手，摀到自己的肚子上去，說：「但願我們不要惹你生氣。」[106]
玉米懂得抓準時間，勇於追求自己的幸福，鞏固自己的地位。

玉米的妹妹玉秧也是在大環境下變得實際而勇敢。她很年輕卻世故老成，為了留在城市裡，並不拒絕老師對她上下其手，她懂得善用自己的身體去交換權力，找到生存安頓之道——「一次是摸，兩次也是摸。就那麼回事了……雖說還是一場交易，但是，這是個大交易，划得來，並不虧。」[107]

而《平原》裡三丫則是為愛勇敢的女人。三丫家裡劃過階級，是地主，成分不好，雖知配不上端方，卻還是義無反顧，她要忠於自己，她主動提出約會。見面時，三丫的果斷和勇敢全然體現，她不想再等了，她直接撲進了端方的懷抱。沒有任何過度，直接把等待變成了結果。他們自然而本能地親吻。隔天，他們到學校的教室，三丫主動「以身相許」。

雙方的母親自知「成分」差異，反對他們交往。三丫先是絕食抗議，後來為了能活著見到端方才又進食；母親鐵了心要把三丫嫁給一個老鰥夫，她堅決不嫁，假裝服毒抗議——

> 她是做給別人看的，最關鍵的是，她要做給端方看。她要端方看見她的心。她要看看自己死到臨頭的時候端方會做些什麼。她還要做給她的母親看，你一定要我嫁，我就一定死，沒商量。可端方來了，當著所有的人，沒有畏懼，他來了。這才叫三丫斷腸。看起來他的心中有三丫的。就算是真的死了，值。三丫的悲傷甜蜜了，三丫的淒涼滾燙

---

[106] 畢飛宇：《玉米》，臺北：九歌出版社，2005年11月，頁134。
[107] 畢飛宇：《玉米》，頁257-258。

　　了。她就想說，端方，娶我吧？你娶了我的這條卑賤的小命吧？[108]

　　三丫的勇敢追愛，令人動容。而《推拿》裡展現盲人堅定追愛的則有金嫣和小梅。

　　金嫣是大連人，她的黃斑病變開始於十歲。這種病會讓視力逐漸減退。十七歲的金嫣放棄了治療，開始揮霍自己的視力，她要抓住最後的機會，不停地看書、電影、電視。她的主題就是書本和影視裡的愛情。

　　金嫣從一位老鄉那裡聽說了泰來和小梅的情事——小梅是陝西的鄉下姑娘，坦蕩地說著她的陝西方言，她誇獎被人嘲笑有鄉下口音的泰來，講起家鄉話實在好聽，泰來的自信在小梅面前建立起來，兩個人戀愛後，小梅卻強被家人安排回家嫁人。小梅在附近的旅館開了房間，並把泰來叫了過去。一覺醒來，泰來從小梅的信件上知道所有真相。信的結尾，小梅寫著：「泰來哥，你要記住一件事，我是你的女人了，你也是我的男人了。」[109]泰來為此傷痛不已。

　　金嫣想趁著還有可以近看泰來的視力，展開她的追愛之旅。她辭去工作，舟車勞頓輾轉找到了泰來工作的推拿中心，點名要等泰來推拿。推拿結束後，她主動跟老闆求職，留下來學管理。

　　金嫣主動追求泰來，但天性膽怯，被初戀傷得太重的泰來卻一直都沒敢接招。然而，這正是金嫣迷戀泰來的最大緣由。在骨子裡，她有救死扶傷的衝動。她所癡迷的正是一顆破碎的心，不

---

[108] 畢飛宇：《平原》，臺北：九歌出版社，2007年6月，頁185-186。
[109] 畢飛宇：《推拿》，頁101。

管破碎成怎樣，她都會把所有的碎片撿起，捧在掌心裡，一針一線地，給它縫上。縫上後，她一定要讓泰來開口對她說：「我愛妳。」那是金嫣的堅持與矜持。

最後，金嫣決定把事情和泰來挑明，行，她就留在南京，不行，就立馬打道回府。剖心相談後，泰來幾乎心碎而流淚地說出：「我配不上妳。」金嫣最後是在泰來的懷裡說出：「我愛你。」

多數渴望被照顧被愛護的女性在擇偶的心理需求上，其實是相當實際的，在展開行動時她就已不自覺地考量評估了對方的人品、才能等各個條件。就像以上所分析的女性角色，都展現了戀愛中的女人的專一與勇敢，展現女性有別於男性獨特的心理現象，當然這也與其生理特點有密切的關係。

三、結語

在畢飛宇小說的女性心理描寫中，除了以上兩類外，其實他也善寫女性的自尊與虛榮，相較兩性而言，女性的自尊與虛榮心都比男性要強，心思縝密的她們能屈能伸，不服輸，可以忍受暫時委屈，然一旦有機會做大自己，便伺機報復。就像《玉米》裡玉米和玉秀兩姊妹的緊張狀況。

畢飛宇在描寫女性心理時，精準掌握了女性在做決定時受感情支配的價值觀，也因此讓我們見到戀愛中的女性把愛情當作絕對信仰的勇敢；在女人狹隘的空間格局裡的你爭我奪、明爭暗鬥，為了能在男人堅固的羽翼下求生存，也讓我們見識到人情世故與人性冷漠。

　　畢飛宇以冷靜客觀的敘述，利用女性人物的語言動作進行心理刻劃，以拉近與讀者的距離，成功地讓讀者理解人物的性格轉變。他的小說充盈著女性的語言，認識善惡問題並把握動機分析，描寫女性人物真實的生命狀態、內心壓抑與轉折，抵達人性痛苦困惑的深處，觸及人性慾望無窮的隱祕，其對女性角色的開掘是多姿多采的。

　　夏濟安說過：「一個小說家假如對於善惡有現實的認識，假如深知人心活動的來龍去脈，他已經具備了寫作好小說的某些條件。」[110]單以此標準來衡量畢飛宇的女性小說，那麼其成就已是大獲肯定的。

---

[110] 夏濟安：《夏濟安選集》，臺北：志文出版社，1974年5月，頁285。

韓寒小說的社會關懷

一、前言

　　韓寒，生於1982年，中國上海金山農家子弟。初中時就開始發表小說。1999年，他高一那一年，以〈杯中窺人〉獲得首屆新概念作文大賽一等獎。之後，他集中於文學創作，反抗學校的考試教育，導致期末考試七科不及格而留級。他以自身經歷，發表的首部半自傳體的「成長」長篇小說——《三重門》，反映苦澀的學生生活的青春與無奈，並對大陸現行的教育考試制度提出控訴。該書是中國近二十年銷量最大的文學類作品，曾在日本、臺灣、香港和法國等地出版，統計發行二百萬冊，一舉在全中國成名。為了創作《三重門》，韓寒最終在高一自願退學。退學後陸續出版了一系列暢銷書：《像少年啦飛馳》、《長安亂》、《一座城池》、《光榮日》、《他的國》和《1988，我想和這個世界談談》等小說；散文集《零下一度》、《通稿2003》、《就這麼漂來漂去》和《雜的文》等作品。

　　韓寒利用書寫將他獨特、率真、敢言、桀驁不馴的個性展現出來，掀起了一股「韓寒現象」，並被《時代》雜誌票選為2010年全球最具影響力的人物。

　　香港作家陳寧在韓寒《青春》的推薦序中，稱讚韓寒寫作用字犀利、觀點獨到、發言勇敢而直接：「韓寒的幽默雖云帶有大

量自嘲、反諷,但拿捏準確,絕不悲情,這是他們那一代健康成長、銳意讓國家走向心理正常文明世界的一大力量之一。」[111]

　　韓寒是個具有社會人文關懷的人,他說他經常自問,能為這個充滿著敏感詞的社會做出什麼貢獻:「在中國,影響力往往就是權力,那些翻雲覆雨手,那些讓你死,讓你活,讓你不死不活的人,他們才是真正有影響力的人。……我只是希望這些人,真正地善待自己的影響力,而我們每一個舞臺上的人,甚至能有當年建造這個劇場的人,爭取把四面的高牆和燈泡都慢慢拆除,當陽光灑進來的時候,那種光明,將再也沒有人能摁滅。」[112]舉2008年5月發生的汶川大地震來說,韓寒前往災區,想協助救援行動,後因屢次行動受阻,放棄深入災區,轉為在部落中傳遞實情,並充當「物資中轉站」,向網友徵詢災區急需物資。隨後與友人聯合捐款六十萬,並強調捐款只能用於學校重建。

　　韓寒在《三重門》見其用犀利尖銳的語言,對畸形的教育制度提出抗爭,並企圖改變錯誤的政策,而《他的國》中則以充斥黑色幽默的筆調從各個角度關懷環保和生態的問題,又《1988,我想要和這個世界談談》則從一個陌生人對一個底層弱勢女性的關懷出發,論及助人對其生命的衝擊與影響。

　　本文將從教育、環保和弱勢關懷三方面分別探究韓寒以上三部長篇,藉以提供在大學通識人文課程中對社會相關議題的關懷與研究之教材。

---

[111] 韓寒:《青春》,臺北:新精典圖文傳播有限公司,2010年10月,〈推薦序〉,頁13。
[112] 韓寒:《青春》,頁113。

二、教育關懷──《三重門》

　　小說揭示了大陸近年教育界的社會亂象。一開頭便藉由主角初中三年級生林雨翔反映教育制度的荒唐──

> 小鎮一共一個學校，那學校好比獨生子女。小鎮政府生造的一些教育機構的獎項全給了它，……這學校也爭過一次氣，前幾屆不知怎麼地培養出了兩個理科尖子，獲了全國的數學競賽季亞軍。消息傳來，小鎮沸騰得差點蒸發掉，學校領導的面子也頓時增大了好幾倍，當即把學校定格在培養理科人才的位置上，語文課立馬像閃電戰時的波蘭城市，守也守不住，一個禮拜只剩下四節。學校有個藉口，說語文老師都轉業當祕書去了，不得已才……林雨翔對此很有意見，因為他文科長於理科。[113]

　　韓寒除了諷刺當時的教育制度，也同時批判了誤人子弟、不適任的老師。

　　馬德保高中畢業後，打工之餘，投稿文章發表了。馬德保和小鎮文化站都嚇了一跳，想不到這個小鎮會有文人，便把馬德保招到文化站工作。馬德保準備出書卻被退件，便自費出書，印了兩百本，到處送人。小鎮又被轟動，他托書的福，被鎮上學校借去當語文老師。他光榮到校任職的第一天，校領導都與他親切

---

[113] 韓寒：《敏感詞》，臺北：新經典圖文傳播，2012年3月，頁5。

會面，可見學校的飢渴程度。但沒有實力的馬德保自以為著作等身，見多識廣，草草備課的結果就是講課失敗，掩飾的辦法就是不斷丟問題給學生，學生也看透了他的緊張。

除了教師低落的素質外，還有補習、套關係、走後門的升學壓力問題也層出不窮。

大考前夕，林雨翔的父母為了他能考上市重點高中，花盡心思，買益智補品，還找家教惡補，補課費就達五千多元。放榜那天，林雨翔聽到有個女同學考不好自殺了，林雨翔心想：

> 當今中國的教育真是厲害，不僅讀死書，死讀書，還有讀書死。難怪中國為失戀而自殺的人這幾年來少了一大幫，原來心理承受能力差的已經在中考高考兩個檻裡死得差不多了。這樣鍛煉人心充分體現了中國人的智慧，全世界都將為之驕傲！轉念想這種想法不免偏激，上海的教育不代表中國的。轉兩個念再一想，全國開放的龍頭都這樣，何況上海之外。說天下的烏鴉一般黑，未免誇大，但中國的烏鴉是一般黑的。轉三個念一想，又不對，現在的狗屁素質教育被吹得像成功了似的，所以中國的烏鴉，不僅不是一般黑，而且還是一般白。[114]

林雨翔不怕進不了縣重點，因為「無論無名之輩或達官貴人，只要交一些全國通用的人民幣，本來嚴謹的分數線頓時收放自如。但市重點就難了。倒不是市重點對這方面管得嚴，而

---

[114] 韓寒：《敏感詞》，頁129-130。

是要進市重點要交更多的錢,以保證進去的都是有勢之人的兒子。」[115]

林雨翔的心願是和他所心儀的Susan考上同一所高中,而林雨翔卻在他父母的「努力奔走」下,準備了四五萬塊打通關係,搞了個體育特長生,順利進入了市南三中;但陰差陽錯的是,成績優於林雨翔的Susan竟然以三分之差,無緣進入市南三中。然而,事實的真相是:Susan的數學試卷有五道十分的選擇題故意空著沒有答題,因為她想降低自己的分數和他上同一所學校。

林雨翔擠進學校才一個星期,就覺得日子難熬,學習每況愈下。小說裡最後成績滿江紅、又面臨被記過處分的林雨翔,在校門口茫然徘徊,他「聽到遠方的汽笛,突然萌發出走的想法,……也許放開這紛紛擾擾自在一些,但不能放開──比如手攀住一塊凸石,腳下是深淵,明知爬不上去,手又痛得流血,不知道該放不該放,一張落寞的臉消融在夕陽裡。」[116]

小說寫出了慘綠少年成長過程的困惑與徬徨,不合理的教育制度、傳統老師的迂腐鄉愿、升學的沉重壓力、父母的過高期許、初開的淡淡情竇以及同儕的忌妒相交,一層層揭示了青少年在求學生活與戀愛心情上的種種矛盾、空悶、孤寂、困惑、焦慮與荒誕虛無,大膽坦露人性底層的本真、展示其內心隱密的情緒,值得我們對教育方式與制度加以深思。

富有生命意識的作家會對「慾望」世界提出關懷,韓寒以其獨特的生命文化,表現對人的生存關懷的意圖,以責任和良知關注教育的現實問題。

---

[115] 韓寒:《敏感詞》,頁130。
[116] 韓寒:《敏感詞》,頁255。

三、環保關懷——《他的國》

小說寫小鎮過度追求經濟發展，而造成嚴重的工業與環境汙染的荒謬與亂象。

小鎮引來工廠及外來工人，使得鎮上的居民失去工作，靠出租房屋為生；而招商引資引來的印刷廠胡亂排放汙染物，河水被工業用水汙染，汙染超標，造成附近的動物產生變異，出現了貓一般大的老鼠、牛長成大象，還有挺著啤酒肚、老鷹似的麻雀滿街亂竄。然而小鎮並未產生擔憂，而是興高采烈地開展生態旅遊，他們把這些變異動物作為一種飲食產業，大張旗鼓的宣傳，還有更多居民為謀取暴利，有人用高壓電線電魚，也有人大量運用化工廠感染所造成的巨大生物，以此冒充「澳洲大龍蝦」外銷。外來企業的繁榮和變異動物所引發的旅遊熱和餐飲熱，一時促進了小鎮的經濟收益。那些變異的動物被餐廳做成菜，賣給前來獵奇的觀光客。

鎮上得意忘形的領導們因小鎮意外的崛起而興奮不已，當以苟書記為首的領導班子熱烈地慶祝小鎮的經濟騰飛，豪情萬丈地跳入魚塘集體游泳時，卻被電魚的人給統統電死了。後來，食用過變異生物的人都失明了。但是，小鎮依舊維持在瘋狂狀態，周圍出現現代工廠。後來，美國《國家地理》雜誌的記者來到小鎮，懸賞二十萬徵求一隻大動物。但是鎮民都找不到大動物，他們來到印刷廠外抗議。

整個亭林鎮都在工業迷霧裡，以前的老街變成交通繁華的餐廳和超市，本來這裡有很多的河流，把這個鎮子分割了開來，一

夜之間說要破舊立新，河流都被填上，蓋了新村和商店，後來又說要發展古鎮旅遊，又挖了幾條小河。挖開後，又說河水汙染，不利交通，於是又被填上了。最近新任的領導們經過調查和研究，得出結論：亭林鎮的發展一直不順利，是因為鎮區裡缺水，外圍的河流把亭林鎮圍住了，四周河流的水氣，導致運氣不暢、怨氣不散，所以才會出現全部官員都被電死事情，解決的辦法就是重新開一條穿過的河流，這樣風水就順了。

小說反映了一定程度的社會現實，改革過程伴隨著很多問題，道義和利益兼顧的兩難帶來很多無奈和苦痛，韓寒以清晰理性的文本的表現方式，把沉重的痛苦注入人文關懷的視野，並對社會人生給予極大的關注，從更深的層次去探測人的本質，負載著對歷史、社會和人類廣泛問題和困境的生存關懷，直抵生存本真的願望，提升人的靈魂。

主角左小龍最後決定騎上摩托車，在象徵光明的螢火蟲的陪伴下，踏上尋找真正屬於「他的國」的旅程。韓寒在小說的自序中說：「我幾欲把主人公變得很悲慘，有無數個地方都可以結尾，可以讓他一無所有，失去生命，但是到最後，我沒有這麼做。如同這書的情節，就算你在大霧裡開著摩托車飛馳找死，總有光芒將你引導到清澈的地方。」[117]韓寒認為光明之所以是一種企盼和嚮往，正是因為周遭充斥的黑暗。他在小說結局給了讀者無窮的正面希望。

韓寒在這部作品中，關懷著那一群沉溺在商業社會裡，與生存環境對抗、融合的人，寫出了現代人所面臨的矛盾、尷尬與憂

---

[117] 韓寒：《他的國》，臺北：印刻出版社，2010年7月，〈作者自序〉。

患，在小說文本中強烈表現出急切焦灼的批判精神。

四、弱勢關懷——《1988，我想和這個世界談談》

韓寒在這部小說中關注了人的尊嚴力量和生命意識，還有主角對生命的達觀態度，以及因其人格光輝而讓生命永恆延續的期盼。小說描述一個屢被愛情和演藝夢矇騙，遭到警察和醫生剝削的懷孕妓女努力要「延續」生命的經過。

小說敘述一名年輕人在前往他的目的地，要去接收死在牢裡的朋友骨灰的途中，意外遇上主動招攬生意的妓女——娜娜，娜娜意外懷孕，且不知是哪個客人的。他被她想要獨力撫養小孩的堅毅母性所感動——「我幹十五年這一行，如果每年能賺差不多五萬塊，這個小孩子上學就能上了，就是萬一她有出息，考上了好的大學，我估計就吃緊了，最好還是得想其他辦法再賺一點。我最怕就是開家長會，這個地方太小了，不能在這個地方上學，否則一開家長會，一看其他孩子他爹，弄不好都是我的客人。我還是換一個別的鎮去。幹幾年就得換一個地方，否則別人就知道孩子他媽是幹這行的。」[118]他決定開車載她一程，幫她找到以前喜歡過她的孫老闆投靠。

路途中，娜娜講起了這一行的辛酸。她說她剛做這行，攢了兩萬，想回老家做服裝生意，後來被公安抓了，罰了兩萬才出來，這次她又攢了兩萬，竟又被抓了。她選擇罰錢，不要勞教半

---

[118] 韓寒：《1988：我想和這個世界談談》，臺北：大塊文化出版社，2010年12月，頁28。

年。因為小孩在肚子裡長到三個月就有聽力了，她不能讓孩子聽到勞教犯說話。

她還曾遇到變態的客人，偷偷取出避孕套害她得了性病。到醫院治療還遇到醫生騙錢，說要多做幾個療程。後來，有一次就在醫生摘下口罩，才發現那個醫生就是那個趁她轉過身時，偷偷把避孕套摘了的禽獸。

她當時就和他鬧，要他賠她的醫藥費，醫生反咬她一口，說他自己也得病了，一定是被她傳染的。她氣得砸了他們的紅外線殺菌治療儀洩憤，當她從地上撿起了紅外治療儀的發射口一看，在砸碎的罩子裡就是桃紅色的小燈泡，她對這個燈泡太熟悉不過了，以前洗頭店裡就是用這種燈泡，她居然花了一萬多塊錢，照了一個月的檯燈。最後是醫院的院長來當和事佬，院長半威脅著她，要她想想，以後她的小孩要不要在這個地方上學？萬一以後她的小孩還要在這個地方混，還是留點後路吧！

她以前在髮廊做的時候，店面很小，查得也嚴，都要出去才能做。那些有車的客人都是開到郊外，有的完事後都不願意把她送回去，她為了省錢，必須穿高跟鞋走路回去，有時走得很累想叫車，可是總想那之前的路就白走了；好不容易看到店門，突然又有一個開車的客人，和她談好價錢，把她拉到很遠的地方，完事了就把她扔在國道上。那次她真的想打車，可是叫不到車，就一路走到腳都起泡了才回到的店門口，這時又停下來一個麵包車，問她做不做，她說，太累了，不做了。麵包車裡的人說，你客人那麼多啊，都做不動了啊。她說她做得動，可走不動，除非別開遠。他們答應了，然後就談好了價錢。誰知她腳才剛踏進麵包車，車子裡還有其他人，他們一拉她的手，就給拽上麵包車

了，原來是公安「掃黃」的。他們掏出了錄音筆，剛才開價的話都錄進去了。娜娜直接告訴他們，她剛入行沒有錢。後來他們就說，要不就沒收今天身上所有的營業款，還要她伺候他們車裡的三個人。最後他們沒收了她三百多的營業款，但是留了十塊錢讓她打車回去。

娜娜對他分享了她的戀愛史。娜娜說，她的第一個男朋友是她的一個同學，他們在兩個城市，是在電腦上重新找到對方的，他一直要求來看她，但她根本沒時間，只能等她每個月放假，也就是月事期間和他見面。他一共坐火車來了七次，每次她都例假，他們就這樣憋著，後來他受不了了，然後就分手了。娜娜接著又說，她還真愛過一個人，是她第一家去的洗頭店的老闆娘的老公——孫老闆。她欣賞他，崇拜他，他總是有辦法任何事情一肩扛起，一通電話就搞定一切。和孫老闆在一起三年多，他給她足夠的安全感。除了孫老闆，讓娜娜真正動心的還有一個，他說他是一個音樂製作人，以前是王菲的製作人。他給了娜娜出唱片的夢想，後來，等不到人的娜娜夢醒後，才知道他是個騙子。

當他們開車到了目的地卻連絡不到孫老闆，而他同意陪娜娜一陣子找孫老闆，但堅持要先帶她去做產檢，誰知娜娜知道檢查結果就跑掉了。原來娜娜被感染了，醫生說得趕快把娜娜找回來，因為要做病毒母嬰阻斷的，生的時候也一定要特別注意的，否則很容易被母體感染的，而且現在小孩還小，不要也還來得及。

他終究沒有找到娜娜，幸運的是他沒有被感染。兩年後，他接到了一個電話，是娜娜的一個姊妹打來的，說娜娜過世了，交代要把她的女兒送給他。

　　他帶著一個屬於「全世界」的孩子，發動車子，向東而去，展開新的旅程。

　　韓寒是相當注重人性尊嚴價值的作家，特別在意人物的命運，他尤其在挖掘人性意識，對於企圖展現人性的深邃、人性和社會環境的聯繫格外關注。

　　這部小說充斥著悲天憫人的情懷，企圖要建構人性的光輝，講到人性的弱點與生活的無奈，但是，作者也提示了當我們認清自身的弱點與優勢後，應該要努力在生命轉折期的困惑與迷惘中確定自身的價值觀。

五、結語

　　閱讀韓寒的小說，不難發現他突現其真切感，在細膩的社會現實生活流程書寫中，將屬於自己的普照式的人文情懷融化其間，產生不少關注底層的作品，講述了在社會底層為了基本的生活條件而掙扎奮鬥的故事，「當人們發現『慾望敘事』已經有氾濫成災的傾向時，明顯具有批判現實主義回歸傾向的關注底層的作品重新喚起了我們對人道主義對文學的責任感、使命感的記憶。」[119]

　　在21世紀的商品大潮高漲的環境中，韓寒在慾望橫流中保持和弘揚人文精神與關懷，把握自己存在的意義，以人性透視為核心，藉由貼近現實生活的描寫，呼喚良知真情，尋找精神家園，使文學不失真誠，還有對人物心靈陰暗面的正視。

---

[119] 樊星：《當代文學新視野演講錄》，桂林：廣西師範大學出版社，2007年1月，頁115-116。

韓寒從關懷「人」的立場出發，強調「精神性」的價值，他所要告訴我們的是；崇拜金錢的結果，會造成內心的匱乏，真正的愛是無價的，是金錢買不到的，唯有停止慾望，人性深處的良心就會出現。他似乎無意於虛妄的都市批判，更關切地反映著現代人生命，以及期待精神如何提升，如何以堅實的文化意蘊，回饋社會。

韓寒的創作精神是拒絕冷漠，遠離玩世不恭的，他以表現人間情懷的姿態寫作，以貼近人們生存現狀的人文關懷創作，因為他知道文學除了認識生活，給人以審美的功能外，重要的還在於對人性、社會和文化所呈現的關懷。

對於韓寒而言，他寫作的神聖使命是對人性的呵護、對生命個體的關懷，以及能夠對人性進行深入的探討，對邊緣人的悲歡離合予其關懷。在以往爭取自身權益、關注自我命運外，還充分體察了人性在物質慾望的衝擊下的精神期待和道德願望，展現了作家對文學本有的現實責任。

在韓寒的小說中，特別注意到整個社會環境，造成人與人之間的隔閡與距離，總有無根的焦慮，文本中讓讀者強烈感受到的虛無、憂傷與孤獨，引發人物對自我生命存在的追問，提示了人類共同面對的問題。作家賦予筆下的人物生命，守護著他們的道德良知，讓他們在文化困境裡長途跋涉，在文化詰問中在在提問，以找到更為寬廣的可能性，和更為博大的自由空間。

呼喚著愛和理解的韓寒，擁有寬厚綿長的人文思想，用力鋪陳人物的慾望生命和人格衝動，以交織著感性和理性的生命思考，探究關於人的存在本質、自由和生命意義，關懷人性、社會與生命價值，企圖通過不同的生命撞擊，揭露重壓在人們身上的

有形與無形的問題，展示現實社會關懷的人文品格，體現人道主
義情懷的回歸。在這一方面，韓寒已經在通往社會關切的路上作
出了獨特的貢獻。

20世紀90年代：
大陸女性小說的女性類型

一、前言

　　中國大陸80年代的女性文學話語，是在人的價值尊嚴和人格獨立，對兩性平權提出要求，當時的女作家就已在她們的詞語世界中，爭取兩性平等地位，張潔〈方舟〉裡的女人們結盟組成「寡婦俱樂部」，還有從張辛欣〈在同一地平線上〉的小說題目就已經清楚表明，女作家利用女性語言，強調渴望被重視的存在空間。到了90年代，女作家除了爭取擴大她們的生存空間，也直接要求改變文化上的性別歧視、拒絕性騷擾與侵犯，要求性權利的真正平等。她們用屬於她們的獨特而新潮的語言風格，去加強女性小說的特徵。

　　90年代的女性小說，有很明顯的廣闊的思考空間，因為女作家們從不同的角度展現了「發現自己」的意念。她們在作品中，以女性的敏感天賦，自覺地進行各種質疑與解構，不僅超越過去挑戰男性霸權的侷限，甚且在建構新的女性思維與女性形象的呈現上，有相當大的成就。

　　中國大陸在80年代末到90年代初發生劇烈的變化——統治了中國將近四十年的社會主義「計畫經濟體制」向「市場經濟體制」轉型，改革開放的步伐在經濟領域急遽邁開。這樣的商品經濟意識對都市產生首當其衝的影響，都市是慾望的中心，而這種

慾望最容易在商品大潮中引起大波浪，女作家筆下的女性有的順著大波浪前進，在慾望的追逐中得到快慰；有的是困陷在自我理想與世俗慾望當中載浮載沉；有的是堅守原則，不因市場經濟和價值觀的轉變而隨波逐流，努力地突圍困境。以下就從90年代的女性小說中的女性類型來看看不同的女性形象呈現。

二、小說裡的女性類型

（一）前衛女性

隨著90年代初的大陸社會從農業走向工商、從封閉走向開放，在這個往現代路子邁步的過程，身處其中的人們不管是創業者、投機商、由外地來的打工仔，其價值觀、行為方式，也一直在進行解構和更新，作家寫出了他們在城市中迷惘彷徨與身處高樓大廈或燈紅酒綠的躁動不安。展現了中國當代小說，前所未見的轉型期城市人的精神風貌與城市文化、意識。

還有些小說也寫出了都會女性在追趕時代潮流、迎合消費時尚，但卻迷失在衣香鬢影、繁華喧囂的城市中的形象，她們以為可以藉由外在的物質，藉由城市生活所提供的各式各樣的消遣，得到內心的滿足與快樂，但事實卻不然。作家透過這些女性人物寫出了都市中的消費現實對人的誘惑和異化。王安憶〈妙妙〉裡的妙妙瞧不起縣城，只有北京、上海和廣州才是她最嚮往的城市，她企圖用新潮的外在打扮去掩蓋內心的空虛，她走在純樸的頭舖街上顯得突兀，更諷刺的是她自以為時尚，其實卻是最為落伍，因為當大城市的時尚，輪迴到偏遠的頭舖時，又退了流行

了。張梅的〈蝴蝶和蜜蜂的舞會〉裡的四個女人，每天把自己打扮成花蝴蝶，因為無聊所以穿梭在舞會和情愛遊戲中，但越是追求感官慾望的刺激，就越感到空虛無聊。

　　這一種類型的女性，到了出生於「70代」的晚生代作家——衛慧、棉棉、周潔茹筆下展現得更是極致，她們筆下的女性形象是瘋狂的、玩世不恭的、我行我素的，她們擁有都市裡的孤獨、衝動、叛逆、墮落、隱私和慾望，她們把自己生命成長過程中，本該最隱晦的祕密毫不遮掩地展現在人們面前，文本中所暴露的活著沒勁的情緒，呈現出一種危機，比如作家筆下的情愛追求僅僅是一種隨意的自由散合，因其狂暴本能和慾望都急待宣洩，兩性間沒有責任負擔，更不在意付出或擁有，其所在意的是個人的慾望與願望的實現。

（二）世俗女性

　　90年代作家所塑造的世俗女性，是利己主義者，她們一方面利用社會分工的專業化確定自己的謀生工具，擺脫附庸的地位，一方面又很清楚在那樣世俗化的時代裡，色衰愛弛，男人是靠不住的；可以依靠的、實質的只是男人給的金錢，所以她們崇尚享樂，活在當下，盡情揮灑她們的青春和美色。從某一個層面來看，她們認識自己，也勇於面對自己。比如張梅〈孀居的喜寶〉裡的女性明確地表示她們都愛物質文明；唐穎〈麗人公寓〉裡的寶寶和海蘭認為，柏拉圖如果活到現在，也會是個物質主義者；甚至還有為了錢不怕涉足險境的，張欣〈掘金時代〉裡的安妮為了充分享受高檔的物質生活，進入了一家黑社會性質的討債公司。這些作品都算是成功地寫出了在社會轉型期，這

些世俗女子的靈魂的自我撕裂,和女性被權力金錢物化的社會現象。

商品經濟的物質與消費以勢不可擋的姿態,進入女作家的小說裡,因為城市的生態,是由城市人積累起來的生活方式來支撐的,所以,作家把人物放在以經濟活動為主要內容的新的社會關係中,探討其命運,同時也不再避諱對物質利益的渴望和享受物質所帶來的快樂。

全球化的風潮、市場經濟體制的確立,召喚了個人物慾的膨脹,為人們追求物質利益提供了合理的環境。這些作家筆下的女性人物在這樣的環境下,所撞擊出來的愛情也有著世俗的利害關係的考量。張欣的〈僅有愛情是不能結婚的〉、〈愛又如何〉以及張梅的〈隨風飄蕩的日子〉從這些小說題名便可知這些世俗女性面臨愛情和麵包抉擇時,是以實利主義作為優先考核的準則,浪漫的愛情是要和現實的婚姻分開去考量的。

市場經濟、金錢至上和享樂主義入侵文學的肌體,文本中這一類的女人在商品大潮中成為首當其衝的商品化對象,把自己淪為物化的籌碼。再看池莉《來來往往》裡二十歲的時雨蓬,她是個模特兒,在一個應酬的場合認識了已婚的康偉業,兩人開始交往,但康偉業顧慮他的老婆,不願和時雨蓬在街上曝光,所以建議直接給她錢,讓她自己逛街買自己喜歡的東西,她樂得欣然接受,也坦然承認其實自己也是一種「商品」。

改革開放之後,激發了人們的物質慾望,極其發達的商品經濟,高級的消費娛樂快速發展,在五光十色的商店櫥窗、燈紅酒綠的舞廳、奢靡高檔的酒吧、聲光化電的躁動的迪廳,在嘈雜與喧囂中,肉慾在橫流,靈魂在墮落,這些有別於傳統的新的社會

階層與人際關係的新型態，盡情地藉由這些現實市儈的世俗女子
出現在小說中。

（三）墮落女性

　　這一類型的女子，多是因為過不了情關而自我分化的，感情
往往是這一類女性的地雷。徐小斌《雙魚星座》裡的卜零，她是
個把愛情看得很重的女人，但是她卻陸續受傷，她在事業心很重
的丈夫身上對婚姻絕望，又將感情託付給沒有肩膀的司機身上，
還有，陰險而絕情的老闆在利用了她之後，就把她解僱了。王安
憶《米尼》裡的米尼因緣際會地愛上了扒手阿康，她想經由阿康
的愛情擺脫孤獨的漂泊命運，但卻注定了她的悲劇命運。她為了
阿康離家，也因迫於生活，在阿康被抓入獄後，懷著身孕的她和
阿康走上了相同的路，她不認為偷竊是不正當的行為，反而覺得
在偷竊時，她和阿康更為接近，那是一種心靈相通的管道。

　　女人一旦對愛情任性自我地鑽牛角尖時，生命會陷落得更為
澈底。在其他作家筆下也有這類陷落自我分化的都會女性，張欣
〈如戲〉裡生於幹部家庭的佳希是個設計師，她看不起從商後的
丈夫的市儈，可是又在保持她的清高時，和她的藝術家情人享受
金錢給予的快樂，最後在車禍中喪身。

　　這些都會女性在與社會的碰撞中成長，得到了自由進取的都
市意識，其生活品質也由此提升，但相對地，他們在面對世俗和
理想的衝突時，原本的價值與信仰漸漸被摧毀，他們焦慮不安地
面對角色分裂進而妥協，而被動地走向自我的毀滅。方方〈隨意
表白〉裡的靳雨吟在情愛幻滅，前途無望的狀況下，她開始展開
放縱的墮落生活；〈在我的開始是我的結束〉裡的黃蘇子也是在

感情嚴重受挫後，過著「白天白領，夜晚暗娼」的人格分裂、難以協調的日子，最後死在一個噁心的嫖客手中。

還有王安憶〈我愛比爾〉裡的大學生阿三愛上了美國駐上海領事館的文化官員比爾，也因此而輟學。為了討好比爾，她學習西方人的性開放，但比爾還是離她而去。在她靠賣畫維生的日子裡，她強烈感受到社會變化所帶來的文化衝擊，後來，她淪為專做外國人生意的高級妓女，但她為的不是錢，而是因為對西方生活的崇拜，只有透過和外國男子的歡愛，她才能感覺自己是貴族，一旦回歸理性的社會秩序，她也只能承擔被視為妓女的痛苦。最後，她走上被送進監獄勞教的命運。

都市在興盛的過程中，女性處境的矛盾和異化的心理過程，就隨著都市化的演進發展，糾葛得愈之嚴重，於是，作家筆下的那一群沉淪墮落的女子，就更為栩栩如生。

（四）幽閉女性

在90年代的個人化書寫中，作家寫出了女性在自我認同過程中的一種焦慮的精神障礙，這種隨著文明世界而來的心理狀態，來自身心和道德等層面。

在陳染的筆下出現了一群自我幽閉逃亡的女性，她們渴望擁有對抗主流的「私人」空間，這一群生活在現代都市的美麗優雅的女性，認為自己和外部世界無法溝通，有著一種背離人群的姿態。陳染〈無處告別〉裡的黛二小姊原本在大學裡教授哲學，因為人際關係的糾葛，讓她決定辭掉工作到美國去，但美國以其強大的現代文明沖洗吞沒著她，她又從美國逃回了中國，經濟與求職的壓力，再加上體弱多病，讓她的身心痛苦不已，她與世界、

與現代文明都是格格不入的，親情、友情和愛情都不是她的寄
託，她無法融入社會，享受都市生活帶來的快樂；〈角色累贅〉
裡的「我」也是不想和不相干的人過分親密，因為孤獨可以讓她
感到充實，她要維護她的孤獨，因為那意味著自由。

　　陳染所表現的「焦慮」首先在女性人物塑造上，〈無處告
別〉裡的黛二小姊是個二度單身的知識女性，有親近的同性朋友
和獨身的母親，在經歷過婚變後，接受也享受孤獨，但卻又渴望
精神戀愛，在情緒失調中努力要找尋自我。而類似黛二小姊的背
景也在陳染其他篇小說中的女主角身上出現，比如《私人生活》
中的倪拗拗、〈另一隻耳朵的敲擊聲〉裡的黛二、〈潛性逸事〉
裡的雨子、〈飢餓的口袋〉裡的麥戈等。這些女性形象所共同表
現的焦慮，似乎是作者刻意強調的某種精神歷程的發展線索或成
長命運的軌跡，也或許可能是因為對世界、對人際關係看得太透
澈，所以對外界採取主動的「幽閉」。還有〈嘴唇裡的陽光〉裡
的巫女、空心人和禿頭女們都在為幻覺守寡。

　　陳染的尋找背後是孤獨，一種置身鬧市而難「入」的孤獨，
她的人物是在心靈體驗層面上牢牢把握著女性的自主意識；而在
林白的尋找背後則是恐懼，一種對世界的「隱約的驚恐不安」，
她的人物主要是在現實生存層面上竭力掌握著主動權。[120]確實，
她們在她們的精神自傳中，從最私性的身體感受出發尋找自我，
開掘私人經驗，張揚自我情緒，表達生命的獨特性，激發女性特
有的魅力，就算是孤獨或恐懼的焦慮都有其獨特性。

　　而屬於林白筆下的「焦慮」，誠如《一個人的戰爭》裡的多

---

[120] 李有亮：《給男人命名——20世紀女性文學中男權批判意識的流變》，
　　北京：社會科學文獻出版社，2005年5月，頁263。

米的焦慮並不在於空虛,而在於她對精神自由的高度追求。

在陳染、林白和海男的小說中,我們見到女主角有的躲進自己的房間,緊鎖門閂,有的拉上窗簾,自己照著鏡子,其中以作夢、吶喊、尖叫、渴望飛翔、夢境和死亡的意象交疊著。這些作品中的女性軀體的描繪全都是自賞式的,她們退回自我意識的孤獨世界,在自我封閉的生命狀態中,她們的軀體就是她的世界。

作家安排筆下的人物掙扎和反抗著,急欲衝破陳舊的觀念和秩序,並以大膽的隱祕性和強烈的前衛性,為苦悶的心靈荒野尋求出路,在其書寫女性情慾、呈現女性自戀而實際的慾望與其自我追尋時,這當中瀰漫著詭祕、憂傷、孤獨、恐懼和病態,也同時真實展露了人性的扭曲。

(五)自主女性

因為都市空間的擴大,作家對女性的生存提供了相當大的自我提升的環境與伸展的舞臺,於是,我們見到女作家筆下也出現了很多經濟獨立、追求自我的女性,她們渴望自由,忠於自我地去追求自己的選擇和夢想。這些都會女子代表著時尚,現代大都市的崛起讓這些解放的女子,走出了自己的房間,提供了更多涉足公共領域的機會。

不同於前面所介紹的世俗女子,這一類型的女性是具有社會的競爭意識,努力在市場經濟的洗禮下,靠著自己的力量,發揮自我,而闖出一番天地。張欣〈掘金時代〉裡在藥廠工作的穗珠,在廠長和同事都不看好公司前途時,她憑著智慧和努力單槍匹馬在惡劣的環境中,闖出了一個新氣象,讓藥廠起死回生,後來,她在鬧區開了間小門市,經過幾年的努力自己也成了老闆;

殷慧芬〈吉慶里〉的小雨也是憑著自己專業躋身到主流社會；池莉《來來往往》裡的林珠遇上了改革開放和國際接軌的好時代，把握時機，努力發揮，圓融又厲害，也是擔任到經理的職務。還有，張欣筆下的都會女性有如〈親情六處〉的簡俐清、〈僅有情愛是不能結婚的〉的商曉燕、〈愛又如何〉的莫愛宛、〈首席〉的歐陽飄雪和吳夢煙，都是在市場化時代造就而成的聰明、能幹又獨立的都會女性。

身在開放的大都市的張欣有著廣州女人的保守傳統，所以，她筆下的女性，如穗珠和遵義，儘管面對丈夫的外遇而感到傷痛，但在痛苦的抉擇之後，她們都能以理性的心情和態度，試圖去理解同樣身為女人的第三者。〈絕非偶然〉裡的職業婦女何麗英也是如此，她知道自己深愛的丈夫與女大學生發生了戀情後，雖然內心痛苦，卻選擇以平和的方式決定不糾纏丈夫，婚姻只不過是緣分，丈夫若願意回頭便會回頭。這是一種成熟的女性意識的妻性的表現。

還有池莉在〈綠水長流〉也寫出了為性而性，不再是專屬男性的專利，女性也可以單純地從性出發，從性結束。女工程師李平平用求實的態度對文學家「我」說：「初戀是被你們文學家寫得神乎其神了。其實狗屁。不過是無知少年情竇初開，又沒及時得到正確引導，做了些傻事而已。」[121]她們舉杯一碰，相視而笑，為她們從生活中獲得共同的認識而欣慰。「我」對初戀這個階段只有淡然一笑——初戀是兩個孩子對性的探索，是一個人人生的第一次性經驗，而初戀與愛情無關。在「我」幫助李平平做

───────

[121] 池莉：《紫陌紅塵》，南京：江蘇文藝出版社，1995年8月，頁118。

了第一次人工流產之後，她老實地告訴「我」：她一看見方宏偉的粉刺後就心跳，就聯想到他的下身一定發育得很早。至於愛不愛他，她不知道。

其他如王安憶《我愛比爾》裡的阿三也是完全掌控自己的身體與情慾的主動權的。值得一提的是，張抗抗《情愛畫廊》裡在展現女性性愛歡愉的感覺與享受的體驗時，用詞精緻典雅，同時也都通過描繪女性關於性的渴望、衝動、追求、滿足與實現，去高舉女性個性解放的大旗，去標示其情慾自主的獨立人格。

（六）陰惡女性

講到這一類傳統陰險惡毒的女子，第一個想到大概是鐵凝在1989年所出版的《玫瑰門》裡的老婦人司猗紋，在此姑且也將之放入本文討論。小說中的司猗紋就是個惡母形象的典型代表，她是個虐待狂，透過其騷擾與報復的手段，去控制和統治她的兒女。讓人印象最深刻的就是司猗紋對於外孫女蘇眉處心積慮的占有。在蘇眉十四歲那年，司猗紋好玩地用化妝品為她妝扮之後，從蘇眉身上見到酷肖年輕時的自己，從那一刻起，司猗紋對蘇眉的占有就沒有停止過，就算是蘇眉成為一名女詩人後，司猗紋對她的騷擾、窺探和跟蹤盯梢不斷，蘇眉被這份愛折磨得痛苦不堪。

徐小斌《羽蛇》裡的母親若木對待女主角羽是極其殘酷的。六歲的羽在好奇心驅使下，按了剛出世的弟弟的鼻子，弟弟意外離開人世，外婆責備羽不是個好東西。從此，若木讓羽背負著「殺死弟弟」的十字架，羽在這個罪名中慘澹地成長，因為長期缺乏母愛，她覺得失敗，常常自我放棄。小說裡的若木的外表是典雅高貴的，但內心卻是邪惡陰險，她總是戴上面具，算計著對

丈夫和女兒的生存方式的掌控，所以，我們見到小說中的羽在負面的環境中孤苦地成長。

在徐坤《女媧》中的母親李玉兒生育的過程充滿辛酸、苦難和荒誕。她的身體被夫家三代人使用過，傳宗接代的功用被極盡地發揮。而當長期被婆婆虐待的李玉兒一旦媳婦熬成婆後，她以一個要支撐起十個兒女的家的寡婦身分，支配控制著整個家族，她又變成了另外一個惡婆婆，把她曾經所經受過的一切折磨人的待遇，完整地繼續加諸在她兒孫身上——她告發兒子和女婿，又毀掉兒子的愛情和女兒的眼睛，還向孫輩數落他們父母的不是，全家不得安寧。這些惡婦的母親呈現了複雜而負面的怨女形象。

（七）復仇女性

由於兩性關係隨著時代的開放，也更為不單純，所以作家筆下也出現了一些復仇的女性形象。張潔〈紅蘑菇〉裡的夢白維持家中的經濟來源，卻又隨時要接收丈夫吉爾冬自卑性的較勁和報復；姊姊夢紅童年破相自慚形穢，後與一瘸腳男子結婚，沒有正常的性生活。這兩個對男人、對婚姻失望的女人，一起合作利用人類最原始的性，撕毀了吉爾冬的假面具；〈楔子〉裡不堪男性性迫害的精神分裂症的女子，以從容不迫的冷靜態度殺死一個男人，並將他的生殖器丟進垃圾桶；徐小斌在《雙魚星座》中讓貌美的卜零以裸露的身體逼迫出「石」這個男人的無能懦弱，摀住臉的「石」只敢從指縫裡窺視卜零，卜零戰勝了「石」，她覺得這種報復的快感比實際占有還要興奮。

在池莉〈雲破處〉中也寫到了與卑劣的男性作針鋒相對的抗爭的自主女性。曾善美幼小時，父母和弟弟在一場中毒意外中相

繼離開人世，寄人籬下的日子承受姨丈和表弟的姦淫，結婚後十五年發現丈夫金祥是下毒元兇，對於未有任何懺悔的金祥，絕望的她，最後親手用刀殺死了他。當法律和道德都不能去對抗卑劣的人性時，她只能靠自己去得到完美的、能夠說服自己的解答。曾善美當然地被列入調查名單。但是，很快就被排除了。大家都說他們是一對結婚十五年的相依為命的恩愛夫妻。現在曾善美傷心得都要跟著金祥去了，怎麼還能懷疑她！有個小老闆與金祥有過幾次激烈的爭吵，小老闆有販毒的行為。於是警方發出了通緝令。在被追捕的過程，小老闆拉響了別在腰間的手榴彈，與一個員警同歸於盡。金祥的懸案就此結案。曾善美以「殺夫」的行動，親手埋葬讓她失望的男性世界，身體力行地澈底顛覆世俗的男權神話。

最後，值得一提的是90年代部分女作家筆下所描繪的都會女子，有的像陳染筆下過著離群索居的生活，有的像張欣筆下的女性，是只享受戀愛的不婚族，這些不是單身，就是分居或離異，或者是只求性滿足而找同居伴侶的，她們或多或少都遠離了「家」的意識。

還有，徐坤在90年代中期的幾部小說集中關注女性命運，〈廚房〉則有著現代女性意欲回歸傳統的象徵表達，描述職業婦女多重角色扮演的分裂與困境，她們雖然表面上具備了和男性一樣平等的權利和經濟上的獨立，但在她們內心仍具有濃厚的傳統性別意識，其自我意識是不明確的，正因為如此，她們的痛苦來自於無法消解的男權文化困境。就像小說裡闖蕩職場且事業有成的枝子，內心極度渴望來自男性的溫情擁抱，但她的期望在松澤身上落空後，陪著她那顆孤獨的心的，只有和女人有關的廚房

垃圾。

　　林白在《說吧，房間》中也大膽而深刻地表現了當下變動的時代生活。我們見到小說裡職業女性擔負沉重的生活壓力，造成她們對性的冷漠，無法滿足丈夫，又走上了離婚之路，但往往因為離婚失去了「背景」而失去了職業；就算她們利用自己的身體，仍無法換取工作的穩定。

三、結語

　　陳思和說：「社會的性別歧視與情色上的社會壓迫，兩者是水乳不分地交融在一起的。這樣一種令人絕望的感受，是這批女性作家面對社會的真實心理，這當然與她們所處的壓逼的生活環境有關，也正因為現實生活環境的艱難促成了她們的文學創作。」[122]這一類徘徊於傳統與現代意識中的女性，呈現了城市小說的發展脈絡，也是可以致力於研究的方向。

　　此外，由於90年代城市崛起，商品經濟沸沸揚揚活絡了整個社會發展，以致於我們見到的小說文本多以城市人物的主要活動環境為主，相對地，農村的景觀卻很少見，除了鐵凝的少數篇章。本文所介紹的女性類型多集中在城市白領階級的都會女性，作家集中描寫了都市新貴階層的職場與生活表現；可惜的是，在低下階層的女性形象，比如：下崗女工或是離開家鄉、進到大城市工作的打工妹，甚至是「三陪女」，都不在女作家的關照範圍，然而，這些沉默的多數平凡女性，卻是最不該被忽略的。這

---

[122] 陳思和：《新時期文學概說（1978～2000）》，桂林：廣西師範大學，2001年，頁220。

些人物的缺席，讓女作家的平民意識打了折扣，這是女作家們在關照上的缺失。

　　大陸女作家利用城市的具象，透過女性人物的命運發展，抽象地把城市內在底層的精神特質表現出來。我們見到了在強化的女性意識下進步的女性的生存體驗和生命存在的真實，以及作家所著力探索的女性的生存方式與位置。因此，這些女性作品是必然要受到肯定的。

大陸當代女性小說的語言表現

　　上個世紀80年代的大陸女性文學話語，是在人的價值尊嚴和人格獨立，對兩性平權提出要求，當時的女作家就已在她們的詞語世界中，爭取兩性平等地位，張潔〈方舟〉裡的女人們結盟組成「寡婦俱樂部」，還有從張辛欣〈在同一地平線上〉的小說題目就已經清楚表明女作家利用女性語言，強調渴望被重視的存在空間。到了90年代，女作家除了爭取擴大她們的生存空間，也直接要求改變文化上的性別歧視、拒絕性騷擾與侵犯，要求性權利的真正平等。她們用屬於她們的獨特而新潮的語言風格，去加強女性小說的表現手法。

一、傳神精簡的語言

　　90年代以來女作家的女權話語以其「俯視」，取代「仰視」和「平視」男性世界，「在社會組織、權力、社會意義和個人意識的分析中，共同的因素是語言。社會的現實和可能的形式、結果，都通過語言得以確立和體驗，人們對自身的感受和認識，也通過語言得以結構。」[123]於是，我們見到陳染在〈時間不逝、圓

---

[123] 林樹明：《多維視野中的女性主義文學批評》，北京：中國社會科學出版社，2004年，頁163-164。

圈不圓〉裡維伊充滿優越感地欣賞並探究她的男人,並喊著他
「寶貝」、「孩子」。從仰視、平視到俯視,作家筆下的女性,
大抵都有身為女人的自我認同與自豪感,以一種全新的自信精神
姿態「平視」男性,甚至是「俯視」男性的卑劣與虛弱本相。

徐小斌也在〈迷幻花園〉中以簡潔而傳神的語言揭示男人世
界的醜惡和虛妄,並以女性的復仇作結,全篇展現的是語言的快
感,不論是富有反叛意味地對男權的批判或是直面人生的奇特語
言,都在在利用其語言特徵去表達她內心的抗議與需求,其感受
強化了文學語言的感官性。

二、尖刻嘲弄的語言

張潔發表於90年代的作品,已經不同以往,女性取代了過去
傳統文化中男性的絕對優越,展現出女性寫作的鮮明性別立場和
文化批判精神。〈她吸的是帶薄荷味兒的煙〉裡身強體壯卻一無
所長的年輕人,向年老色衰的華裔女舞蹈家出賣他唯一的資本
——身體,為的是希望征服這個有錢老女人,好過上奢華的日
子。當她在豪華套房接見了他,他脫下了衣服後,她卻給了這個
出賣自己靈魂與肉體的男子,以鄙視的目光和犀利的言辭規勸,
把他羞辱得無地自容,就在他一蹶不振時,似乎只記得她吸的是
帶薄荷味兒的煙;還有〈紅蘑菇〉裡的夢白姊妹以性為武器,把
大學教授吉爾冬的醜行惡德攤在陽光下,讓他受到應有的報應。

從這兩篇小說,可以發現張潔在創作上的成長,她揭示男
性的醜陋,比起對女性要辛辣很多,前者是男妓,後者是大學教
授,無論身分高低都逃不過她的嚴厲批判,她用她的語言一層層

剝掉社會大眾對男性的社會期待，將其無賴卑鄙的一面，充分對比地展現。

徐坤的小說最引起評論界關注的是，她以90年代知識分子和城市女性生存困境為題材的小說，她反諷、調侃、幽默的語言風格，集中對社會菁英分子批判解構，如〈狗日的足球〉寫在世界足球比賽球場的看臺上，一群男性球迷集體無意識地用汙衊女性身體的髒話叫嚷起鬨，令在場的女性難堪。以譴責的言論在文本中瓦解男性尊嚴的，還有陸星兒的〈夏天太冷〉寫到男性的小氣自私與不負責任；竹林的《女巫》鋪陳了近百年中國農村婦女被男權社會壓迫的歷史，小說中的幾代婦女被身心蹂躪變成女鬼、女巫和娼妓的悲慘故事，把男權社會對女性的暴力和虐待完全暴露。

對男權的惡行加以聲討的小說，還有鐵凝的〈對面〉暴露男性的窺淫癖好；林白〈青苔〉裡的女主角受不了性陷阱而用匕首殺死男人，並報復性地割下他的陽具塞進他的嘴裡；遲子建的〈向著白夜旅行〉、徐坤的〈遊行〉也都在在以作家強烈而辛辣的女權話語對男性提出清算。

陳染的小說也有其獨特的敘述語言，她常以喜劇、幽默的調侃嘲弄語氣，表達她小說中某些誇張的部分，比如〈沙漏街的卜語〉裡所涉及的權力爭鬥和慾望遊戲等黑幕，就顯現了她的語言的調侃才能，而在她的嘲弄而沉穩的尖刻敘述中，我們也見到了她獨有的藝術特質。陳染用她自己獨一無二的辭彙與符號、奇異的比喻和暗示，以她的俏皮的意象去表現她的感覺，以及對世界的看法與期待。

80年代末，隨著商品經濟的興起，市民階層迅速擴大，市民

文化蓬勃發展，池莉在此時本著和市民百姓可以坦誠相見的對等
語言而得到認同。池莉不是屬於那種用精神和靈魂寫作，或是小
說技巧創作的人，她所擁有的是對市井平民生活的深切體驗和感
受，所以在創作時她會站在百姓大眾的視角用他們的語言去表達
其所思所想，像《生活秀》裡的來雙揚——宴請張所長；端午會
後母；以情勸九妹；街頭罵小金——那幾幕所表達的語言，準
確而鮮活，不僅表現了時代的語碼，也把人物的心理與性格具體
呈現。

池莉的語言是屬於市民生活的，是貼近表現原始生態的，
她的小說一開始即不討文學殿堂的喜歡，被批評為「苟活」和
「小市民」，尤其她在小說中出現了很多被學院派評論家所詬病
的粗話，例如：「我操」、「狗日的」、「你他媽的」、「搞女
人」、「玩不玩」、「夜發廊」等，但她一點也不急著辯駁，因
為她與大家看世界的視點可能不一樣，她認為她是從形而下開始
的，大家是從形而上開始的，所以認識的結果完全不同。[124]而在
她極具特色的小說語言中，幽默的筆調也是基本款的，在〈冷也
好熱也好活著就好〉就是透露著些許的池莉式的幽默。

池莉的作品基本上是社會意義大於文學意義的，因為其作品
帶給轉型期市民心理上某種程度的滿足與期待；同時，透過其語言
的傳遞也展現了她對下層市民的生活方式與態度的尊重和理解。

同被歸為「新寫實作家」的方方，在其〈落日〉裡也充滿了
武漢方言，俏皮又粗鄙真實的「漢腔」為「冷漠」的新寫實小說
添加了一點暖色。

---

[124] 郭欣：〈女作家池莉：小說不是我的自傳〉，《新聞晨報》，2001年3月
23日。

三、沉靜警誡的語言

　　當然，除了聲討男性外，作家也極力在警惕教化女性，蔣子丹〈絕響〉裡，女主角精心設計一場她的死亡，她在心中反覆推敲留下明顯的線索，是希望在她死後的喪禮上，當終於出現的男友出場時，會因為她的死亡而追悔；然而，男友終究還是沒有現身。作者透過女性對愛情的愚昧，去對稱男性的絕情；鐵凝〈無雨之城〉裡的市長普運哲事業成功，但情感空蕩，當女記者陶又佳進入他的生命後，他的生活頓時充滿陽光，可惜後來他還是抵擋不住權勢的誘惑，在他即將成為代理市長時，為了保全名節，犧牲他們的愛情，甚至在文本中有一幕令人痛心的是，為了避嫌，他竟然把情緒失控而承受臂傷的陶又佳中途趕下車，把她一人半夜三更拋棄在荒郊野外。在小說文本中作者以冷靜從容的語言風格，在抒情寫意的同時，也嚴厲地以其警語，敲醒陷溺在盲目的愛情中的女性讀者。

　　林白也在〈致命的飛翔〉裡以其冷靜的語言魅力，警惕告誡讀者在愛情的洪流中勇往直前時，別忘了自己才是最重要的主體。

四、零瑣的竊竊私語

　　至於「私小說」的出現，更是把男性排除在女性的閨房之外，女性對自己的竊竊私語，澈底放逐了男性。林白曾對《一個人的戰爭》的書名解釋：「一個人的戰爭意味著一個巴掌自己拍自己，一面牆自己擋住自己，一朵花自己毀滅自己。一個人的戰

爭意味著一個女人自己嫁給了自己。」[125]從這段話連續出現的八個「自己」，還有「牆」、「擋住」、「毀滅」、「戰爭」等語詞，可以想見主角多米受到現實際遇的傷害、絕望而走入自我幽閉的境地。這部小說在90年代女性文學的意義是代表著「把自我從生命禁錮中解救出來的女性話語方式。」[126]

李有亮認為林白的語言具備女性的體貼和柔韌，是一種敞開的私語，沿這一方向上敞開的個人記憶，基本上涉及了作者成年階段的人生經驗，充滿艱辛與無奈，如〈瓶中之水〉和〈隨風閃爍〉；另一種是向內心隱祕深處的敞開，即對自我早年成長經歷的遙遠回望，並且對這種恐懼所產生的當下影響，予以清理和平息，如《一個人的戰爭》和〈守望空心歲月〉。[127]

在《一個人的戰爭》的敘述語言中，我們見到林白的敘述方式是零散的，沒有一個中心的，隨著自我的情緒與感受蹦出的隨意片段。陳思和認為這非常有特點：「讀起來覺得零亂無章，彷彿是隨風而來的一些記憶散片，遊蕩在真實與虛構之間。人物與事件也常常互現於各種小說文本，招之即來，揮之即去……常常在不斷重複中拆解了小說的理性意義，敘述中片段與片段的流轉相當自由，讀起來似行雲流水，飄忽不定，表現出非常女性化的特點……。」[128]的確，兩位學者所言正是林白特有的語言風格。

---

[125] 林白：《林白文集》第2卷，南京：江蘇文藝出版社，1997年，頁225。

[126] 金文兵：《顛覆的喜劇：20世紀80-90年代中國小說轉型研究》，北京：中國社會科學出版社，2004年，頁72。

[127] 李有亮：《給男人命名——20世紀女性文學中男權批判意識的流變》，北京：社會科學文獻出版社，2005年，頁271。

[128] 陳思和：《新時期文學概說（1978～2000）》，桂林：廣西師範大學出版社，2001年，頁229-230。

筆者認為林白的個人化的慾望寫作企圖建立起一種屬於女性自我身體空間的敘事型文本，因此，也不難想見她的女性話語裡的男性的符號單元代表著的是權力、壓抑和冷漠自私。

五、古怪的修辭，詩意的語言

　　和林白一樣，受西方女性主義話語的啟迪與影響的還有陳染和徐小斌，她們的作品，不論是小說題目的命名，如陳染的〈凡牆都是門〉、〈禿頭女走不出來的九月〉、〈沉默的左乳〉、〈空的窗〉、〈巫女與她的夢中之門〉、〈跳來跳去的蘋果〉、〈火紅的死神之舞〉、〈零女士的誕生〉、〈空心人誕生〉以及〈禾寡婦以及更衣室的感覺〉──這一批特立獨行的小說的題名令人匪夷所思，她的筆下好似有另一個不同於其他作家的世界。林白的〈子彈穿過蘋果〉和〈致命的飛翔〉等都有缺憾的負面的否定意味。

　　而關於人物的命名──如陳染筆下的守寡人、禿頭女、巫女、麥穗女、禾寡婦、拗拗、黛二、寂旖、伊墮人、水水、杞子、雨若、繆一、墨非、莫根、T……等琳琅滿目的名字，這些名字好像有著一種清高自傲的優越感，還有林白筆下的多米、七葉、二帕、李萵、北諾，徐小斌筆下的金鳥、羽、若木，也似乎有著特殊的靈魂，然而，這些怪異的、反叛的命名，有一種向邊緣勇往直前的策略，她們不願再在父權話語秩序中言說，她們要大膽地創造屬於女性自己的符號，突破規範與重圍，賦予語言全新的意義。另外，還有小說中代表著女性意象的修辭──夢、房間、鏡子、黑夜、飛翔等，也都豐富了女性的話語。

　　王蒙在《沉默的左乳》的序言中評陳染說：「她的小說詭祕，調皮，神經，古怪；似乎還不無中國式的飄逸空靈與西洋式的強烈和荒謬。」[129]這段話評論得相當中肯。陳染用她自己獨一無二的辭彙、方式與符號、奇異的比喻和暗示，以她的俏皮的意象去表現她的感覺，以及對世界的看法與期待。

　　且從她的文字看看她特殊的語法，在〈與假想心愛者在禁中守望〉──「在那條乳白色的麻絲褲子像一條永不凋謝與投降的旗幟，在早已被改乘電梯的人們遺棄了的樓梯裡寂寞地閃動。那褲子總是被燙得平展展地裹在她優雅纖秀的腿上，蕩出樂聲。」[130]這些文字像是在隨時跳躍著，又像是有一種弔詭的神祕。

　　陳染在《私人生活》中形容「女人是一座迷宮，一個岩洞的形狀。」那是男性經驗所無法體驗的感覺，她就是想要透過古怪的修辭、詩意的語言，去強調女性經驗是男性所不了解的世界。

　　作家的創作個性和語言風格愈鮮明、愈獨特，其作品就愈具藝術魅力。盛英肯定90年代的女性文學：「90年代中國女性文學以她對歷史的俯視，對現實的環顧，對民族的凝思，對人性的拷問，顯示著她博大恢弘深刻乃至困惑的繁複風貌。」[131]的確，在90年代女性小說中對男權的批判，可以見到矛盾又複雜的人性本質，還有女性對自身性別的審視與確認，其所展現的女性意識的獨立與深刻性，已經是大有進步地展開全新的文化語境。

　　人物的語言是表現典型性格的特有形式，有經驗的作家會運用多樣化的語言，在不同的環境、場合和情境下，刻劃人物性

---

[129] 陳染：《沉默的左乳》，南京：江蘇文藝出版社，1997年，頁2。

[130] 陳染：《沉默的左乳》，頁102。

[131] 盛英：《中國女性文學新探》，山東：中國文聯出版社，1999年，頁46。

格的多面，表現出人物豐富而複雜的性格。池莉便是善於以通俗幽默俏皮的小說語言，去演活她筆下的小人物，以市民目光來看待生活，注重在作品中鋪敘現實，善於鋪展人物細碎的人生體驗和態度。對生活進行細緻的捕捉，將人性瑣屑面，展示得相當詳盡，提示了讀者值得認真思考的問題，也豐富了讀者對於生存的體驗感受。

「海派文學」的書寫特色：
以王安憶、陳丹燕的小說為例

一、前言

　　「上海」於上個世紀90年代以來，在中國大陸社會內部發生激烈轉型與全球化的推波助瀾下，憑著她的三大優勢——地理位置、政府投資和歷史，成為承載著豐富內涵的文化符號的地理座標扶搖直上，迅速發展。大陸文壇出現以城市為對象的一批文學作品，上海——這個原來就具有國際都市背景的大城市成為這類書寫的重要焦點，其中有一個很重要的原因就是多元的文化元素可以在這裡共存。學術界與文藝界再度掀起了「上海熱」，與「上海」相關的議題研究與文字紛紛出籠，其中所涵蓋的，或者只是純粹的懷舊，或者是傳統與現代衝擊的複雜的文化現象，又或者是表現上海人的自我意識，都在這樣的現代空間中孕育了獨具特色的海派文學，這是相當值得關注的。

　　俞天白在〈積極兼容：上海人的重要特徵〉裡提到中國大陸在上個世紀的90年代是個面對時代挑戰的年代，面對嚴峻的現實，「上海人只有積極兼容，上海才能成為一個具有鮮明的強有力的主體精神或主體意識的金融中心、商業總匯、經濟龍頭……何謂積極兼容？即主動『利用』差異，『轉化』差異，並成為差異交叉中的『主宰』。『利用』、『轉化』、『主宰』這六個字，可以概括上海人全部的聰明才智，體現出充分運用自身優

勢、及時汲取他人之長，既聯合又競爭的靈活機敏的運籌策略，展現當代上海人截然不同於以往上海人的嶄新風貌。」[132]「上海」的話題，一度成為時尚寫作，許多作家更是在90年代的作品中將上海人的兼容性給充分發揮，尤其是女作家很能將其筆下女性的命運與上海城市的命運聯繫思考，那看似滄海一粟的小女人個體，又像是承擔起上海人的歷史見證，感覺其力量是那樣地強大。

從40年代張愛玲筆下的上海場景讓讀者在記憶中盤桓以來，王德威曾讚譽王安憶是繼張愛玲後，又一海派文學傳人[133]，高度評價王安憶在現代中文文壇的地位。她筆下所呈現的上海，表面看似在風平浪靜中靜默懷舊，但骨子裡卻是暗流湧動地引起觸發；而陳丹燕筆下的上海卻是沉潛嫻靜，像是脫離了俗世的紛擾，她一系列優雅的上海風情，有著對上海的欣賞、愛戀、惋惜和陶醉的閨秀氣質的小資情調。這兩位作家筆下的上海各具風格。

王安憶，1954年，生於江蘇南京。除中學畢業後，於文化大革命期間，曾至安徽插隊落戶外，幾乎所有的生活都是和上海聯繫在一起的，所以，她的很多作品都是以表現上海市民意識和生活為主，從新時期的「三戀」以來，表現突出，《長恨歌》即是她近年來相當引人注目的一部長篇小說。

陳丹燕，1958年生於北京，8歲起移居上海，1998年和1999

---

[132] 中共上海市委宣傳部編：《九十年代上海人形象》，上海：上海人民出版社，1993年，頁79。

[133] 王德威：〈海派文學，又見傳人──王安憶的小說〉，《如何現代，怎樣文學？：十九、二十世紀中文小說新論》，臺北：麥田出版社，1998年，頁383-402。

年出版《上海的風花雪月》和《上海的金枝玉葉》，以她細膩的觀察，結合歷史、文化與考究，寫出上海懷舊的一種獨特的風情與傳奇女性故事的作品，讓陳丹燕成了暢銷書作家。

本文所以選擇王安憶《長恨歌》、陳丹燕《上海的風花雪月》和《上海的金枝玉葉》作爲討論的對象，在這三部以上海爲主題的長篇小說，不論是寫上海的城市興衰，或其所處之人的成長轉變，或女性的情慾生活及其對事業成就的追求都有相當程度的探究。這兩位作家的小說背景多爲上海，筆下的人物也多是上海人，這和她們成長的養成環境有關，她們在上海長大，汲取了關於上海的百樣風貌，因爲這些書寫，使得「海派文學」再興。

本文的研究目的，在於提供對於「海派文學」研究與女性文學研究者相關的參考資料；藉由小說文本的研析，可以對大陸的互動與社會的脈動有所瞭解，並給予在中國父權社會轉移下生存的新女性，重新評價與定位。

二、海派精神的呈現

「順境時，乘風而起；逆境時，韜光養晦。」這話正好用來形容海派文化的安身立命的精神。

王安憶算是繼張愛玲這位第一代海派女作家之後最具代表的第二代海派女作家，她因爲經歷過文革和上山下鄉等運動，在來去上海之間，更能領悟到歷史的深度和廣度所帶給都市流動的影響。

《長恨歌》裡寫王琦瑤從40年代末到80年代中期伴隨著上海

半個世紀以來的風雨滄桑，王琦瑤參加選美，代表弄堂裡的小人物希望能夠出頭的夢想，但又在自己無力掌握時代的轉變中隨波逐流。她樂觀務實，世故堅韌，總是想辦法要把日子在有限的能力中過得有滋有味，因此，我們可以從小說文本見到作者賦予人物優雅的生活情趣描寫，當然，也見到作者有意把她堅韌頑強的性格利用其生命張力去表現，當作上海精神的代表，並藉著她延續上海獨特的城市傳統。

　　蔣麗莉，這個處於社會秩序的上流社會的女人，是作者用來襯托王琦瑤的配角人物。在上海解放時，蔣麗莉投身於革命中，之後面對環境的改變，她無法處之泰然，所以總是努力去適應角色的轉換，後來，卻在不夠具有「兵來將擋，水來土掩」的智慧中，疲於奔命而身亡；相反地，我們見到生命力極其頑強的王琦瑤，就像上海這座城市一樣，在小事委屈成全，面對劫難又安之若素，但在大方向卻不妥協，她不認輸地經營著自己的柳暗花明又一村的生活，因此，我們見到她在招待高貴的嚴師母到家中用餐，準備餐食時，不矯情也不怠慢，就是踏實地表現她的經濟條件，包括自己的日常裝扮也是嚴謹而用心。或許是在上海這座城市的內在精神與歷史印記的支撐下，她走出自己的路。這表現出了海派文化的精神——「弄堂外政治運動聲浪頻高，弄堂裡的人照樣處之泰然，這就是上海人生活勇氣的體現，身居陋室不問世事，只管柴米油鹽的市民女性，才是海派精神的代言。……每一個時代的交替都蘊涵在這日復一日的尋常生計中，每一次歷史的轉折都是平常人情沉浮的折射。」[134]在文本中我們感受到作者在

---

[134] 陸瑾：〈獨特的女性敘事曲——析王安憶《長恨歌》的敘事特點〉，《小說寫作》，第3期，2006年，頁23。

處理大環境歷史背景的「動」與王琦瑤面對紛亂動盪所反映的
「靜」，兩者之間似乎不慍不火，可是明明當王琦瑤還在她的小
天地裡安身立命的同時，外面的世界早已歷史劇變，局勢緊張，
內戰蜂起。作者著墨在王琦瑤「靜」的海派精神時，「動」的部
分卻被作者一筆帶過，冷靜而客觀。

張海蘭在比較張愛玲和王安憶的小說時說：「張愛玲側重表
現傳統文化對女性的束縛，女性生存的真實境況與女性意識覺醒
的艱難歷程，審視女性自甘卑下，依附寄生的性格弱點，揭示女
性悲劇與文化的關係。而王安憶的小說注重描寫都市生活場景中
女性外在生存價值與內心體驗，致力於女性權利的爭取和女性意
識的覺醒，並在社會變革中尋求女性生命的意義和價值，具有更
深厚的社會內涵。……王安憶在張愛玲的基礎上有所發展，她比
張愛玲有更開闊的視野和更廣闊的歷史感，她的創作標誌著都市
女性小說的成熟發展。」[135]因此可見，王安憶在海派精神的傳承
上占著相當重要的地位。

再來看看陳丹燕《上海的金枝玉葉》裡的戴西，她是在錦
衣玉食裡長大，從不知什麼叫窮，而且她活得很自己，她對未婚
夫退婚；找到所愛；在利西路老宅由瑞士人規劃的大花園裡兩百
桌盛大的訂婚宴；嫁給人見人愛的吳毓驤，可是他不是居家的丈
夫，兒子出生時，戴西難產，女兒正在家裡靜養肺炎，丈夫還是
去俱樂部玩到深夜才回家，戴西的丈夫是一個會讓你非常高興、
但不會對你負起全部責任的男人。

---

[135] 張海蘭：〈傳承拓展與深化——張愛玲與王安憶都市小說創作比較一
隅〉，《華北水利水電學院學報》（社科版），第22卷第2期，2006年5月，
頁95。

戴西有自己喜歡的時裝事業,就是她喜歡的時裝;她的心願是推廣對國貨的認同和對中西合璧時裝的流行,她反對上海人看不起國貨的理念,在接受時尚記者採訪時,她說:「現在的上海時裝只是光怪陸離而已,不要把自己的國產品看輕了。」她走的是當年郭家在南京路上開永安公司的路線:用世界流行,做中國市場,建立中國人自己的事業。[136]這是戴西一生中最美滿的兩年。當時的戴西是絕對想像不到自己竟然會在幾年後面對各種意想不到的政治打擊與屈辱?戰爭,解放,槍,丈夫的被捕與死去的歲月。還有後面接踵而來無休無止的清洗女廁所。她見識到資本家間的傾軋、出賣,也看到了在重壓之下,難友們成了睡在身邊的仇敵,為了給幹部留下對自己的好印象,不惜傷害別人。

令人佩服的是戴西居然「還能從那些屈辱中活下來,甚至沒有成為一個因為心碎而刻毒的老人。」[137]解放拿去了她的生活方式,反右拿去了她的丈夫,四清拿去了她正常人的生活,文革拿去了她的房子和物品以及她的家庭,從1966年起,她開始獨自生活。作家用一連串難以想像的訝然,去形容戴西難以想像的堅毅——

> 誰都沒有想到以後,當她站在菜場裡賣鹹蛋的時候,當她只能吃八分錢一碗的陽春麵當晚餐的時候,當她獨自從勞改地回到家,聽法院的人來宣讀對她丈夫的判決書,接著把她家裡所有的東西悉數充公、連她的結婚禮服都不剩下的時候,她能好好地活下來,當有外國人問起她的那些勞

---

[136] 陳丹燕:《上海的金枝玉葉》,臺北:爾雅出版社,1999年,頁79。
[137] 陳丹燕:《上海的金枝玉葉》,頁16。

改歲月時，她能優雅地直著背和脖子，說：「那些勞動，
有利於我保持身材的苗條。」[138]

　　1961年戴西的丈夫死於監獄醫院；1966年戴西被掃地出門，
帶著上大學的兒子住進與鄰居合用廁所的亭子間；1972年戴西用
一隻鋁鍋，在煤球爐子上蒸出帶著彼得堡風味的蛋糕；1982年回
到原來勞動的農場，為青年學生教授英文，以工作為榮；1985年
簽署文件，堅持在自己死後將遺體捐獻上海紅十字會；1996年，
許多人驚奇地發現在戴西臉上的機警淡定裡，還流動著女孩的
活潑和迷人，這樣的神情，是從內心發出的光芒；1998年戴西去
世以後，由她照顧過的孫女還是無法相信奶奶已經走了，在她的
印象裡，奶奶是與眾不同的，什麼也打不倒的。戴西的倔強和頑
強表現了海派的精神特質。戴西說：「我在這樣的生活裡學到了
很多東西，要是生活一直像我小姑娘時候一樣，我永遠也不會知
道自己的心有多大，能對付多少事，現在我有非常豐富的一生。
那是大多數人沒有的。」[139]「在你沒有經歷的時候，會把事情想
得很可怕，可是你經歷了，就會什麼都不怕了。真的不怕了。然
後你就知道，一個人是可以非常堅強的。比你想像的要堅強得
多。」[140]這樣的話語，涵容了多麼深刻的自尊與驕傲？
　　陳丹燕以她一貫的寧靜和唯美的筆調，去描繪戴西的命運在
翻雲覆雨的歷史中的大起大落，以紀實的方式，細膩的文字，一
步步地把鏡頭、場景拉回老上海，敘說戴西傳奇的一生，即使在

[138] 陳丹燕：《上海的金枝玉葉》，頁21-22。
[139] 陳丹燕：《上海的金枝玉葉》，頁39。
[140] 陳丹燕：《上海的金枝玉葉》，頁213。

最艱難的時刻依舊高高揚著下巴，直視的眼睛裡總是可以看到仁愛和勇敢。戴西的生活態度在於不能被生活本身打敗，努力堅持自己所想，這個驕傲的女子，直到老年仍堅持不受人攙扶，重病時也不願他人見到她的軟弱，從沒人聽她說出抱怨的聲音。

　　作家筆下的這些女人的風韻就代表著她們熟悉的大上海的風情。她們眼中的上海，有著女性的柔軟溫厚、堅忍包容和兼收並蓄的一面。過去的小說家總是將目光放在遠大的社經政治生活，但以上的作品選擇的是圍繞弄堂街巷、咖啡館、酒吧所展開的生活，而且主角都是女性。作家利用上海的城市具象，通過女性人物的命運發展，抽象地把上海內在底層的精神特質表現出來。女性，才是海派精神的代言，她們有一種堅韌的精神之美，和上海一樣非常耐受委屈，是一個生命力極強的女人。

三、王安憶：弄堂──尋根

　　王安憶《長恨歌》的創作靈感是來自報上的一則小新聞──一位上海小姐在70年代被個小流氓殺死。一個上海小姐怎麼會和小流氓混在一起？這樣的好奇驅使讓她開始著手創作這部小說。王安憶有意在《長恨歌》中藉著王琦瑤的海海人生去寫茫茫的上海，看得出其中空間與性別的經驗和視域。

　　故事大要是：1946年，當抗日戰爭如火如荼時，王琦瑤從弄堂女兒選上了上海小姐；1948年，掌握軍政大權的李主任讓王琦瑤心甘情願地成了他的「金絲雀」，她在物質上找到了保障，她陪著他交際應酬，也伴著他出入槍林彈雨，她深信他是她第一個男人也會是最後一個男人，兩人的這段感情，是亂世造就出的深

刻。後來，上海解放，李主任遇難，生死未卜，王琦瑤像是死了一場，她在反右鬥爭的起伏中，固守著自己的生活。還好李主任生前早為王琦瑤負責，留了黃金給她，安排她日後的生活。

1956年，王琦瑤成了普通百姓，她憑藉著女性堅忍的韌性，優雅從容地行走於腥風血雨的動亂頻仍的社會。表面上日子似乎過得平淡無奇，和已婚的程先生保持著適度的友情聯繫；但其實內心對愛情還是有著極度的渴望，所以，當康明遜一出現後，她內心平靜的湖水，馬上就被攪亂了。儘管出身於富貴之家的康明遜個性軟弱，但是王琦瑤還是甘願跟他走下去，而就在情感最濃烈時，康明遜接受家裡的安排到香港去接管生意了。

王琦瑤懷著康明遜的孩子留在上海，和身患絕症的薩沙辦了結婚，換了一段名正言順的婚姻，看著王琦瑤在愛情路上起伏的程先生明白她是為了要保有尊嚴。

1970年，王琦瑤原本是有機會和恢復單身的程先生結束曖昧關係，公開地在一起，但是程先生無法接受王琦瑤以報答的感激方式委身，執著的性格讓程先生因應了社會風向前往雲南一個小鎮支援邊疆。這一別卻是十年，兩人重逢後，程先生介紹了一個跟王琦瑤的女兒薇薇年齡相倣的男孩——老克臘給王琦瑤認識。但程先生絕對沒料到，五十六歲的王琦瑤居然會和二十六歲的老克臘陷入一段忘年畸戀。王琦瑤孤注一擲地愛著老克臘，也不管老克臘是真愛她，還是只是和薇薇的男友——小林或好友——張永紅一樣迷惑她身上所殘餘的舊日上海風情。就在王琦瑤愛到覆水難收時，這個「八十年代」的老克臘說他要出國了，王琦瑤不惜拿出她的黃金，企圖以金條挽留他，但終究老克臘還是不堪承受地倉皇離開，他並沒有像她那麼強烈地愛著這座上海城市。

多情的王琦瑤卻不是為情而死,相當諷刺的是,交友不慎的她,出於本能的慾望,護守她的那盒金條,怒斥著入屋行竊的長腳,準備報官時卻被他勒斃,長腳搜刮黃金後揚長而去。人生的無常在小說中充分地展現。

(一)情節

在小說的情節設計上,王安憶還特別安排了選美的競賽,展現了上海市場化運作的商品經濟特徵,她讓王琦瑤以女性的符號遵從商品規則公開競爭,成為流通在上海城市的通行證。

上海,是最適合安置王琦瑤的城市,她選美;她為了榮華富貴成為李主任包養的情婦;沒能和所愛康明遜結婚,便懷了私生女,又嫁給薩沙,這一連串脫離傳統軌道的事,如果不是發生在上海是很難被接受的。

此外,王安憶還充分展現了生活品味的大量精緻的細節描寫,比如:細白瓷的杯盤、西班牙雕花的桃花心木盒、舊窗簾上的大花朵、桂花糖粥的香味;而經由作者的這些細節描寫,還可以得知一個人的身分地位,可以從他所使用或擁有的器具和古物得到驗證。薇薇的男朋友小林在她們家房間裡走來走去,一一指著那核桃心木的五斗櫥、梳妝桌上的鏡子和珠羅紗的帳子說是老貨,也誇說一點都不走樣。薇薇質問他說:照你這樣說,我們家成了舊貨店了?小林知道薇薇不理解他的意思,也不做辯解。從慧眼的小林對古物的鑒別能力,對照出薇薇的無知,也就不難想像王琦瑤和薇薇之間的母女的隔閡了。

（二）主題思想

　　王安憶小說創作「是以深刻的悲劇體驗作爲審美角度來深入揭示人生的內蘊，反映作家創作的理性準備的。在王安憶小說中，我們看到更多的是盛極而衰，曲終人散，身不由己，美人遲暮。作品總是瀰漫著花團錦簇後的淒清、往昔餘韻的悲涼。」[141]就像王琦瑤其實是可以主動對男性探索的，但她卻選擇以被動的姿態等待男性的出擊，因爲她深知攻與守的操作機制，猶如上海這座城保存著自己的精華並細細發揮，所以，她都處於優勝的地位；然而，她又有她的悲哀與無奈，她身邊對她有恩有情的男人都被她當成了無路可走時的最後一根稻草，她究竟有沒有真正愛過？而且，相當有意思的是，在小說中的男性，都算是王琦瑤每個生命階段的重要人物，但是這些人物形象都是若隱若現的，以出事的李主任來說，王安憶也只用了一句話讓他消失在文本中。

　　王安憶曾在〈「文革」軼事〉裡，這樣描述上海的尋常生活：「這裡的每一件事情都是那樣富於情調，富於人生的涵義：一盤切成細絲的蘿蔔絲，再放上一撮蔥的細末，澆上一勺熱油，便有輕而熱烈的聲響啦啦啦地升起。即便是一塊最粗俗的紅腐乳，都要撒上白糖，滴上麻油。油條是剪碎在細瓷碗裡，有調稀的花生醬作佐料。它把人生的日常需求雕琢到精緻的極處，使它變成一個藝術。……上海的生活就是這樣將人生、藝術、修養全都日常化，具體化，它籠罩了你，使你走不出去。」[142]上海雖然

---

[141] 王麗君：〈王安憶小說創作論〉，《赤峰學院學報》（漢文哲學社會科學版），第27卷第4期，2006年4月，頁8。
[142] 王安憶：《香港的情與愛──王安憶自選集之三》，北京：作家出版

帶給王琦瑤傷痛，可是她卻放它不下：「上海真是不可思議，它的輝煌叫人一生難忘，什麼都過去了，化泥化灰，化成爬牆虎，那輝煌的光卻在照耀。這照耀輻射廣大，穿透一切。從來沒有它，倒也無所謂，曾經有過，便再也放不下了。」[143]所以她無法忘卻關於上海的一點一滴，小自雙妹牌花露水、老刀牌香煙、上海的申曲。她覺得無論走到哪裡都聽見上海的呼喚——「她這一顆上海的心，其實是有仇有怨，受了傷的。因此，這撩撥也是揭創口，刀絞一般地痛。可是那仇和怨是有光有色，痛是甘願受的。震動和驚嚇過去，如今回想，什麼都是應該，合情合理，這恩怨苦樂都是洗禮。」[144]

作者在這樣的敘述中，展現了人生無常與人力渺小無法對抗大環境的主題思想。

（三）寫作技巧

在《長恨歌》開頭，作者是這樣描述上海的：「站在一個至高點看上海，弄堂是壯觀的景象。它是這城市背景一樣的東西，街道和樓房凸現在它之上，是一些點和線。而這是中國畫中被稱為皴法的那類筆觸，是將空白填滿的。當天黑下來，燈亮起來的時分，在那光後面，大片大片的暗，便是上海的弄堂了……上海幾點幾線的光，全是叫那暗拖住的，一拖便是幾十年。這東方巴黎的璀璨，是以那暗作底鋪陳開，一鋪便是幾十年。」[145]在深遠

社，1996年，頁467。
[143] 王安憶：《長恨歌》，北京：作家出版社，1999年，頁144。
[144] 王安憶：《長恨歌》，頁145。
[145] 王安憶：《長恨歌》，頁1。

幽暗的弄堂裡藏匿著時間大浪的潮起潮落的痕跡，生活在弄堂裡的人也在隨波逐流中找尋靈魂安置之所。

「弄堂」是具有群體象徵意義的意象的，是兼具感性與性感的，是整個上海最真實和開放的空間，人們在這裡可感可知、實實在在地活著——在積著油垢的廚房後窗，是專供老媽子一裡一外扯閒的處所；而窗邊的後門，則是供大小姊提著書包上學堂讀書，和男先生幽會的；午後三五人圍爐而坐，說閒話，啜熱茶；旗袍的樣式，女人的髮飾、粉盒，在在表現出來自底層的兒女情態。

上海這座城市自開埠以來容納了各式各樣的人，王安憶用她綿密、繁複的敘事語言，以冷靜精明的筆調敘述世態風情，把生活在上海的人和物詳盡描繪——愛麗絲公寓厚重的窗簾、蘋果綠的洋裝、曳地睡裙、紅白康乃馨、籃子裡的橙子，還有黃包車上的購物袋，而王琦瑤正是這些綠葉所要陪襯的紅花。這朵紅花表現了上海的情慾、繁華與凋零、聚散離合與緣起緣滅。

在小說中我們見到王安憶在具體的歷史情境中展開城市的日常經驗，她尤其重視細節的雕琢，她認爲：「城市爲了追求效率，它將勞動和享受歸納爲抽象的生產和消費，以制度化的方式保證了功能。細節在制度的格式裡簡約，具體生動的性質漸漸消失了。」[146]於是，爲了展現對30年代生活的欣讚，她對於居家擺設與生活物品有著精緻的描寫。且看嚴師母充滿古物風韻的家——

---

[146] 王安憶：〈死生契闊，與子相悅〉，《妹頭》，上海：南海出版公司，2000年，頁148。

廳裡有一張橢圓的橡木大西餐桌，四周一圈皮椅，上方垂一盞枝形吊燈，仿古的，做成蠟燭狀的燈泡。周遭的窗上依然是扣紗窗簾，還有一層平絨帶流蘇的厚窗幔則束起著。……外一進是一個花團錦簇的房間，房中一張圓桌鋪的是繡花的桌布；幾張扶手椅上是繡花的坐墊和靠枕，窗下有一張長沙發，那種歐洲樣式的，雲紋流線型的背和腳，桔紅和墨綠圖案的布面。……窗戶上的窗幔半繫半垂，後面總是扣紗窗簾。[147]

當時王琦瑤當場眼見這些器具的富麗精緻而感到萬分迷醉，並且勾起了過去所有「愛麗絲」的回憶。王琦瑤也是在嚴師母的鼓勵與刺激下，再度翻出舊時衣，這兩個女人之間的友誼是一種互相較勁，又算是看得起對方的對手關係，這意味著不管昔日的美好再也回不來了，但是王琦瑤的心卻永不死。

另外，小說中的人物，也有著代表上海的象徵意義，比如：程先生是上海的優雅；李主任是權力慾望；康明遜是典型的紈褲小開；薇薇則是摩登新潮的代表，這些象徵著上海形象的人物都可見出王安憶在塑造人物的用心。

王安憶也利用80年代時尚的粗鄙去對比昔日風韻綺旎的絢爛——「一窩蜂上的，都來不及精雕細刻。又像有人在背後追趕，一浪一浪接替不暇。一個多和一個快，於是不得不偷工減料，粗製濫造，然後破罐破摔。只要看那服裝店就知道了，牆上，貨架上，櫃檯裡，還有門口攤子上掛著大甩賣牌子的，一代流行來不

---

[147] 王安憶：《長恨歌》，頁159。

及賣完，後一代後兩代已經來了，不甩賣又怎麼辦？」[148]王安憶以其一貫的寫實風格把時代的變遷，人生的無常，絢爛後終歸於平淡真實表達，讓讀者像是嗅到了上海永不凋零的氣息。

（四）書寫特色

王安憶用屬於女性的細緻筆觸去具體描繪弄堂的種種，在她的筆下對兩性是平等對待的，並不全然把災難都降臨在男人或女人身上。她的語言既非平淡，也不求前衛，只是中庸地以一個女性作家所特有的敏感持平地表現其詩意，追憶她所著迷的昔日舊上海。

市井意識在海派小說中已構成一種重要的文學與文化現象，其構成了海派小說的基調，重心都擺在表現日常生活的況味。在弄堂裡我們見到城市的底層，除了小市民們的生存本相，還有他們無拘無束、放蕩不羈的生命特質，小說也平衡描寫了封建道德觀念與江湖習氣的一面，算是把飲食男女的生態景觀都全面敘述了出來。於是我們見到那些受到苦難困擾的小人物，總是珍惜著他們的生命，很少有自殺事件的，就算是女人被男人欺騙、傷害，甚至遺棄，都有要生活下去的勇氣和希望，總是堅強地一關過一關，從中感受自身的存在價值。「務實圓通等是海派小說家在市井文化視角下關照到的人面對環境的最佳策略。」[149]

王安憶以女性的世界著眼，細摹地雕繪出上海，描寫個人之於上海的感情，不論是得意與失意的上海；男女曖昧、欲道還

---

[148] 王安憶：《長恨歌》，頁326。

[149] 蕭佩華：〈論海派小說中的市井意識〉，《中國現代文學研究叢刊》，第3期，2006年，頁187。

休的上海；淮海路的典雅、法國梧桐高聳的上海；浮光掠影的上海，都訴說著上海在大時代底下的層層推移的風華與轉變。

經由以上的分析，筆者肯定這部小說無論在敘述技巧和其書寫意涵上的價值，並藉以反駁王艷芳認其為被複製的文化消費品的看法：「《長恨歌》的寫作真正契合了那個懷舊年代中濃重的懷舊氣氛及其牽動的屬於都市的消費文化心理，從而注定了《長恨歌》無論是對文學歷史的建構還是在對文學女性主義的書寫都只是一種重複，它是一種雜糅的成功的文學消費品。」[150]

四、陳丹燕：咖啡館──懷舊

懷舊，代表著現在所存在的某種缺憾，透過昔日遺留的事物而牽動思緒的流轉與懷想。屬於陳丹燕的懷舊，是人們渴望打破常規、顛覆秩序的心理需求與轉變生活方式的嚮往。

（一）情節

在《上海的金枝玉葉》中陳丹燕以人物去推動情節的發展，她描述了上海著名的永安公司郭氏家族四小姊郭婉瑩（戴西）傳奇而波折的一生。

戴西在優渥的環境中長大，錦衣玉食，美貌財富、親情愛情，應有盡有，因此，在其性格中有他人所無法取代的驕傲與堅持。解放後，她沒有出國，隨丈夫留在上海，磨難便接踵而來，然而，她的堅韌令人折服，生活的磨難，讓她越挫越勇。文革的

---

[150] 吳義勤主編：《王安憶研究資料》，濟南：山東文藝出版社，2006年，頁339。

批鬥、勞改一點也沒有折損她的傲骨，她以她的堅持走過生命歷程的狂風暴雨，她毫不怨天尤人，保持著貫有的氣質風度——在貧窮的日子裡仍能用煤球爐、鋁鍋和國產麵粉蒸出彼得堡風味的蛋糕，她堅持在困頓的生活中保持她精緻而有趣的生活品質。

由澳洲移民上海、訂婚、退婚到燕京大學讀書，親眼見到戰前戰後上海由盛而衰的生活變化，還有解放後，乃至文化大革命期間勇敢地接受各種政治迫害，恢復生活後，重訪澳洲，最後堅持回上海生活。這部作品反映出近代上海歷史與社會的變化。

還有在《上海的風花雪月》裡，作者利用一個學過漢語的外國人，到上海的一家外國電話公司找到工作，但他發現「上海是一個大銀行，可是不知道怎麼走進去。於是，他回到大學裡去學了一年經濟系的社會主義政治經濟學，正式開始做生意。他在上海租了公寓，把歐洲的太太也接來了，買了一家的中國古董家具，他們如今睡的，是一張從北京買來的一百多年以前的大鴉片床。」[151]這樣的情節設計，展現了上海在改革開放後的進步。

小說裡的懷舊場景，除了張愛玲與上海話的再度被炒熱，專門經營老上海菜的餐館也出現了，餐館開張時，很多小報都發了消息，還有照片——「它的外牆上嵌了許多老上海時代的東西，像油醬店的門楣，像當鋪的廣告，還有木輪子車的車輪。」[152]在那裡，可以吃到正宗的上海菜。從陳丹燕的情節安排中，在在輕易地感受到她對上海小自食物，大到歷史的自豪。陳丹燕形容她筆下老公寓裡的東西，無一不好——踩了八十年的棕黃色的長條子地板，一打上蠟，還是平整結實；厚重結實的房間門是用褐色

---

[151] 陳丹燕：《上海的風花雪月》，頁20。
[152] 陳丹燕：《上海的風花雪月》，頁36。

的好木頭做成的，上面用了上百年的黃銅把手，細細地鑄著20年代歐洲時髦的青春時代的花紋。

（二）主題思想

陳丹燕筆下所懷的舊都是美好、繁華、富裕的——舊上海風華絕代的洋味十足的咖啡館、酒店、租界年代的西式公寓樓、藍房子、十里洋場霓虹燈光圈、狐步舞、衡山路，在探尋上海風情的過程中，她不動聲色地隱去了吃喝嫖賭、偷拐搶騙的負面真實生活，那是一面倒的上海，以其節制溫柔的筆調建構出屬於中產階級對上海的想望，連當年的富豪大亨，都成了人們深情追懷的慾望對象。所以，我們見不到上海的悲苦罪惡、動盪不安與紙醉金迷的一面，筆者認為這不能說是陳丹燕作品的缺陷，而該說那是她的創作特色。

陳丹燕的生活經歷比起王安憶是平順安詳多了，這樣的養成背景使得她能用她溫柔敦厚的心去感受身邊的人事物，她把觸覺伸進城市的脈理中，不管是地域色彩，還是空間建築意義，她用著有節制的筆調呈現中產階級構建的上海風情，其作品可以讓讀者輕易理解其真性情與現代氣息和古典情懷揉雜的氛圍。

（三）寫作技巧

在《上海的風花雪月》中我們見到那些隔了四十年再來上海的外國人，為上海帶來了投資、電腦、汽車、電話、電視、香水、廣告、可樂、西班牙磁磚、義大利皮鞋，還有抗抑鬱症的百憂解。這一代人不像他們的爺爺輩，買一張船票就來了，為了入鄉隨俗，他們大都先在北京或臺北學了中文，還用社會主義政治

經濟學洗好了腦。所以，在愛爾蘭酒館的樓上很容易能看到下面桌子上的情形——「那位剛剛和一個金髮女子一起吃了家鄉燉肉的先生，結賬時接過女子遞過來的小錢包，數出人民幣來。沒有忘記對跑堂的說一句漢語：『我要發票。』」[153]

小說採用了錯綜的敘述手法，利用時光交錯的呈現——處在現代的環境，但眼睛見到的是老上海的照片、擺飾，聽到的是上海百樂門的舊樂音；還有，把1931年的上海，「象徵」是一個血色鮮活的少年，每天都在成長，每天都更接近夢想。

在陳丹燕筆下，我們見到上海在經濟起飛後，街上開始有越來越多的外國小車在奔跑；年輕人開始穿著深色西裝和短上衣及套裙，因為辦公室工作的需要，英國的電臺主持人不遠萬里到上海電臺來做工，爲上海人主持歐美音樂節目，靜安公園外面的鑄鐵圍牆上掛著橢圓的歐洲咖啡廣告。當華燈漸漸亮起，外灘的老房子，就被燈打得通明，代表著老房子的存在與重要。女孩子開始「學習從前的上海人怎麼說上海話了，把『老好』說成『交關好』，把『有鈔票』說成『有銅鈿』。流行書排行榜上真正不是靠簽名售書上榜的書，是五十年以前的上海女人張愛玲。」[154]

作者利用人物外在的語言刻劃，栩栩如生地把生活在上海灘裡的「新」人類加以展現。

（四）書寫特色

在《上海的風花雪月》裡我們可以見到西餐廳點綴出城市的優雅，也似乎嗅到咖啡館中散發出來的咖啡香氣，還見到前往

---

[153] 陳丹燕：《上海的風花雪月》，頁28。
[154] 陳丹燕：《上海的風花雪月》，頁35-36。

「時代咖啡館」吃飯聊天的小姊「一張張臉都漂亮，出手也大方，許多人都能抽煙，樣子也好看，不像風塵女那麼妖嬈，也不像知識女人那麼自命不凡，她們不過分，也不土氣，那才是弄堂裡有父母教訓的女孩子……這樣的小姊正在穩紮穩打地建設自己的新生活，絕對要比自己家的那條弄堂高級的新生活。要是那樣的年輕女孩子正坐在你的對面，你有機會看到她們柔和的臉上，有一種精明和堅忍的神情，像最新鮮的牛皮糖那樣，幾乎百折不撓。」[155]為了要搭配這樣氣質的人物，當然作者也要在日常物品、擺設裝飾上用心描寫，而在文字堆疊的過程中不但展示中產階級化的身分優越，也道出了舊夢難尋的無奈。

在《上海的金枝玉葉》的文本中每一家咖啡館、餐廳，甚至是一張照片的背後都有一則動人的故事，而這些回憶，是上海人獨特的記憶方式。作者以其韻味獨特的文筆，將對戴西的深切理解，像每一滴冰滴的咖啡，純粹地浸潤著讀者的心靈。她筆下的咖啡館有一種讓時光可以停格的嫻靜，在咖啡館裡品嘗咖啡的人們，靈魂得以透氣歇息，在回憶中品嘗獨處的寂寞，作者寫出了懷舊的氛圍，其小資情調的特色全然展露她有別於其他同期女作家的才華。

還有在《上海的風花雪月》中，陳丹燕也寫到了上海的寬容與開放，她描寫一個新音樂製作人，在淮海路街口搖著他那一頭長髮誇讚著上海的30年代好啊！那時候，你想要成為什麼樣的人，想要有什麼樣的生活方式就去做。這裡也很能說明她筆下的舊上海，並不是為了懷舊而追憶出過去對舊上海的小資產階級的

---

[155] 陳丹燕：《上海的風花雪月》，頁7。

情懷，比如戴西並沒有被當時的政治意識型態給打倒，反而她挺直腰桿地在政治動盪的日子活了下來。

因此，我們可以肯定陳丹燕的海派書寫是有其思想意義的，她所包裝的舊上海除了擁有一股縹緲的浮華璀璨，也還具有在懷舊以外所表達的對上海未來的希望。

五、結語

上個世紀90年代，城市的崛起成爲大陸最重要的人文景觀。伴隨著沿海幾個大城市的轉型和經濟起飛，文壇和市場上，出現了以城市爲描寫對象，並引起廣泛迴響的作品。文本中被津津樂道的城市意識，都有一種女性化的特質，因爲作家筆下的城市歷史都是由這些女性去承載的。女作家對城市有文化上的自覺認同，其城市書寫在軟體上包括文化意涵、風俗世情、文明觀念、生活品質的精緻追求、城市的生存景觀、城市人的生存和商業的焦慮、人際矛盾、內在的慾望需求與精神困擾；硬體上有宏偉的城市規模、街景，城市物像的敘述。作家融合軟硬體的城市描摹，展現鮮活的個體生命及其所處環境的營造，都讓讀者隱約能聞到城市的複雜氣息，進而認可城市的精神和價值。這樣的書寫爲城市文學的勃興提供了契機。總之，90年代的女性作家城市小說的最大特徵是「以都市作爲寫真物件，重視市民的觀念和心態，它以其豐富性、多樣性、現代性的思維方式去觀照都市現代人。」[156]

---

[156] 陳純潔：〈試論20世紀90年代小說創作形態〉，《內蒙古大學學報》（人文社會科學版），第6期，2002年，頁80。

　　經由本文以「上海」為地域特徵的女性書寫的研析，可以得知這三位作家的作品是屬於上海的，屬於女性的——王安憶的作品關注社會性，批判性較強，社會含量也較豐厚；陳丹燕的作品以唯美的情調經營，卻又在反映社會現實面上不著痕跡地著墨，展現瑰麗而美好的一面；而衛慧關注都市的消費性，其寫作對當下都市的消費性的認同度較高，有相當程度的指標——她們的作品裡都呈現了一種對上海的真切認同。經由她們筆下的弄堂、咖啡館、酒吧等所帶動的精神和物質所體現的力量，維繫著她們對上海的認同感，尤其身為女性作家的身分，她們都特別喜歡描寫上海女人的情感與生活，寫出了女性愛怨情纏的境遇與生存挑戰，也寫經濟化和市場化大潮所帶來的各種誘惑，尤其是造成女性迷失在慾海中的陷阱與其生存困境。

　　作家們準確地把握探求女性情愛的自我生存之路，將她們的女性慾望書寫設置在上海這個昔日號稱東方巴黎的慾望之都，描述了老上海和現代新女性之間的衝突與糾紛，也書寫城市女性的慾海浮沉，不論是享盡短暫榮華又歸於平淡的王琦瑤或遭遇天地巨變的戴西，還是在慾望沸騰的年代，極盡享樂狂歡、放蕩頹廢、憂鬱又掙扎的倪可，她們總會找到對自己的物慾與情慾的反思能力與消解之道。

　　王安憶在〈男人和女人，女人和城市〉一文裡說：「城市作為一個人造的自然，遠較鄉村適合女性生存。城市中，女性得以擺脫農業社會對體魄的限制，可以充分發揮女性的智慧和靈魂。」[157]就如《上海寶貝》是衛慧寫給女性的身心體驗的小說，

---

[157] 王安憶：《男人和女人，女人和城市》，昆明：雲南人民出版社，2000年，頁89。

反映了一定程度的社會現實，把上海這一代青年的空虛與苦悶，及其潛在個性表露無遺。當然無可諱言地，小說具有教化作用，可能有人擔心小說中的黑道、毒品的充斥，會對讀者產生不良影響，但作者安排倪可協助天天戒毒，實有其正面意義；而設計天天因吸毒而造成的悲慘下場，也有警惕作用。

「上海」是中國現代化起步最早、程度最高的城市，所以，上海的「女性較其他城市的女性而言面臨著更多、更大慾望的誘惑與挑戰。20世紀90年代的市場經濟大潮給上海的女性提供了太多的機遇，使她們頻繁地從物質這一魔幻之鏡中窺視到自己雖虛幻卻極富眩惑力的女性鏡像，從而激發她們極大程度的自我愛戀、自我陶醉，但這實際上是主動將自己轉為被動之物，將自己異化和物化。」

此外，值得一提的是，對上海的繁華的懷舊書寫，是90年代的文化現象中相當突出的一個。「九〇年代的懷舊，重點凸顯三〇年代，其深層的文化心理原因首先是對上海曾經有過現今不再的亞洲中心、國際性大都會地位的懷戀。其次，對現代大都市文化氛圍所給予人的那種極度的靈魂頹放和思想行為上獨立特行的景仰、崇拜和響往，也是懷舊風尚得以盛行之重要緣由。」[158]這樣的社會現象，想當然也為「海派文學」在中國現當代文學中帶來了新的課題、視野與變革，就像陳丹燕比張愛玲晚了半個多世紀，但她筆下的上海，說的是張愛玲時代的故事，讀者在時間的皺摺中，隨著陳丹燕的文字，可以輕易感受在時間跨度上的上海

───────────────────────

[158] 劉永麗：〈20世紀文學中上海書寫的現代品格〉，《西南民族大學學報》，總第174期，2006年2月，頁144。

的繁盛與變化。而在女性文學成熟與深化的過渡中，「海派文學」的城市書寫也成為重要的推手。

上海，在90年代，步入了以消費為主導的社會，有著屬於時代風雲的動態，而這個動態在帶給傳統守舊的中國人極大的震撼之餘，應該也在某些心靈層面上暗自企求改變以及改變後所帶來的全新體驗，企求心理上的滿足。因此，透過本文所考察的海派書寫的當代特色，也能讓我們從文本中瞭解對中國人性格、思想與心態上不害怕改變的深層心理。

總之，這兩位作家像是上海的觀察家和探險家，對上海不但有感性的欣賞，又有理性的審視、發現和理解，正如上海的獨特之處，在於其能掙脫傳統的羈絆，包容多種生命形態，又像是有無限量的發展可能，就這一點來看，「海派文學」在女性書寫的傳承上是很值得期待的。

大陸女作家顛覆「母親神話」的主題書寫

一、前言

縱觀古今中外，「母親」常被定義為是正面的社會角色，而「母職」則長久以來被視為是女性的天職——懷孕、生產、養育和照護等，女人被約定俗成地認定為因為成為母親，而更有價值，因為母親是影響個人社會化過程中最重要的人物。

在大陸80年代的女性小說[159]中，我們見到大抵作家們是正面肯定母職的——池莉〈月兒好〉裡的月好，並沒有因為人生旅途的坎坷而失志，反而教育出兩個懂事的雙胞胎兒子；張潔〈祖母綠〉裡的曾令兒在離開悔婚的男主角後，發現自己懷孕了，她好像發現了一個金礦。一夜之間，她從一個窮光蛋，變成了百萬富翁。身為母親的她更堅強了。兒子在名為「我的爸爸」的作文裡讚揚她的偉大，說：媽媽是條好漢；航鷹〈東方女性〉中則呈現了兩個不同立場的母親護衛兒女的心情；池莉〈太陽出世〉裡的李小蘭也表現了一個母親的擔當；王安憶〈小城之戀〉裡女主人公經歷了性愛本能的期待與亢奮後，肚子裡的小生命喚起了她的母性意識，她發現自己又重新活了過來，也深刻體會對於新生命有著不可推卸的責任。

---

[159] 這裡的女性小說，指的是創作主體必須是女性作家，創作客體也必須是女性的生活、命運和感情生活。

　　80年代末，鐵凝《玫瑰門》中的老婦人司猗紋就是個惡母形象的典型代表，她是個虐待狂，透過其騷擾與報復的手段，去控制和統治她的兒女。而在90年代崛起的一批年輕的女作家所出爐的小說，文本中對「母親神話」的顛覆，更成了一種趨勢。

　　90年代的大陸女性小說不再歌頌母親，反而以書寫的方式去證明，不管是在惡劣或者安逸的環境，並不是每個女人天生就有當母親的能力或本事，絕不一定就像是冰心筆下無私寬厚的母親形象，「她」也可能是有附帶條件的，就像張愛玲《金鎖記》裡的曹七巧或是《傾城之戀》裡白流蘇的母親白老太太，還有〈花凋〉裡的母親更是。「母親」這個神聖的文化符號，被打上了個大問號，以往傳統無私奉獻的母親形象，受到了強烈的考驗和質疑。

　　本文整理出大陸90年代的女作家所創作的小說中呈現母愛的異化的議題，其所要討論的小說篇章包括：池莉〈你是一條河〉、陳染〈無處告別〉、〈另一隻耳朵的敲門聲〉和方方〈落日〉四篇短篇小說，以及虹影《飢餓的女兒》、陳丹燕《上海的金枝玉葉》、王安憶《長恨歌》、林白《一個人的戰爭》和徐坤《女媧》、徐小斌《羽蛇》六部長篇小說。本文以小說文本所顛覆「母親神話」的主要情節為關注的研究範圍，並呈現其不同於傳統以往的母性特質。

　　期待透過本文的研究，能夠提供對女性文學及母職文化研究相關參考資料，瞭解大陸90年代的女性小說中關於母職文化的歷史演進過程，以及在過程中如何建構社會中的性別議題及意識，並透顯出女性文學的發展脈絡。

二、惡劣生存環境下變異的母親

　　20世紀5、60年代之交，毛澤東發動「大躍進」運動[160]，中國經歷了一場人類有史以來最為慘烈的大飢荒。當時，「大躍進」的浮誇所造成的糧食豐裕的假象，以致中共政府擴大徵購，強徵農民口糧，以增加出口。一連串錯誤的舉措，終釀成大面積餓死人的災禍。

　　在大陸90年代的女性小說中，我們見到池莉〈你是一條河〉和虹影《飢餓的女兒》裡都出現了在大飢荒的惡化大環境下，不同於傳統形象的變異的母親。

　　池莉〈你是一條河〉裡的辣辣便是。老李是糧店的普通職工，在辣辣出嫁前他就對她有意思，當鎮上的居民餓得剝樹皮吃時，老李給辣辣送來了十五斤大米和一棵包菜，辣辣懷裡正抱著滿一周歲還沒吃過一口米飯的孩子，辣辣笑笑，收下了禮物。從此，辣辣背著丈夫以身體去交換大米，一直到她丈夫弄回了一些米麵。可是辣辣卻懷了老李的孩子，這對雙胞胎就在她不斷喝各

---

[160] 在中國大陸1958年3月的「大躍進」運動中，中央當局提出「三年基本超過英國，十年超過美國」的目標。當時的城市人拆鋼窗、卸暖氣管；鄉下人砸鐵鍋；農民放下農活去找礦、煉鋼，煉出了三百多萬噸廢鐵，以致於大量成熟的農作沒有人收割，或者草率收割，大量拋撒。糧食產量比上一年僅增加百分之三點四，但大家害怕被當成是「大躍進消極分子」，於是真實的聲音無法被聽見，全國的糧食產量被虛誇放大，全國各地盛行著「放開肚皮吃飯，鼓足幹勁生產」的口號，公社食堂在無計畫用糧的情況下肆意浪費，但實際上留給農民糊口的只是一些馬鈴薯。1959年春天，許多地方已發出了餓死人警報。僅山東、安徽、江蘇等十五個縣統計，就有兩千五百萬人沒有飯吃。1959年至1964年間，大陸一些地方甚至出現了人吃人的可怕景象。

種打胎藥的同時落地了。

辣辣的丈夫過世後，老李為了看雙胞胎，又送米來，辣辣當面拒絕了理直氣壯的老李，把米倒掉，還把老李趕走。辣辣回到屋裡拍醒了孩子，吩咐他們去把門口的米弄回來。八歲的冬兒對辣辣說：「媽媽，我們不要那臭米。」辣辣在狠狠盯著女兒的那一刻發現冬兒的陰險，嫌惡強烈地湧了上來——「八歲的小女孩，偷聽並聽懂了母親和一個男人的對話，真是一個小妖精。她怎麼就不知道疼疼母親？一個寡婦人家餵飽七張小嘴容易嗎？送上門的六十斤雪花花大米能不要嗎？」[161]辣辣照準冬兒的嘴，掄起胳膊揮了過去，冬兒跌在地上，鼻子噴出一注鮮血，辣辣說：「妳是在什麼時候變成小大人了？真討人嫌！」她說完扭身走開。

冬兒是在父親去世的那一夜早熟的，她一直堅信母親終有一天會單獨與她共同回憶那夜的慘禍，撫平她心中烙下的恐懼，母親還會攬她入懷，加倍疼愛她；而她將安慰母親，可是母親一個重重的耳光打破了她天真的想法，她想對母親說的只有：我恨妳！

辣辣幾乎每天都要打罵孩子，不是這個，就是那個。

在雙胞胎福子和貴子滿七歲那年，辣辣認為學校沒有正常上課，她不想浪費錢，所以讓雙胞胎仍舊待在屋子的角落，他們很少開口說話，與兄弟姊妹們格格不入，長期受到欺負，近來才學會用牙齒咬人的方式進行反抗，長到七歲還沒刷過牙，渾身都是蝨子，患疾染恙都是自生自滅，形成後天所造成的弱智。

有一天，福子團著身子從角落滾到堂屋中央時，辣辣才發覺這個兒子有點不同尋常，她用腳尖撥了撥福子，當她發現福子已

---

[161] 池莉：《細腰》，南京：江蘇文藝出版社，1999年4月，頁42。

經昏厥時，冬兒插嘴說要送他去醫院；但辣辣回說：「少給我逞能。」於是辣辣為福子刮痧、餵吃中藥，但福子的病勢卻在半夜裡沉重起來，斷氣前喊了如母親照顧他的冬兒一聲「姊！」他們家的孩子之間從來都是不分長幼，直呼姓名，福子臨終前的一聲「姊！」彈撥了孩子們的心弦，他們不由自主心酸得大哭起來。冬兒在福子這件事上，她決不原諒母親；辣辣自然也明白，她可以理解女兒，但更加討厭她。

福子的死亡對貴子有著嚴重的創傷，辣辣懷著無比的內疚，一改從前對貴子的漠不關心，但貴子卻明顯地抗拒母親對他的關愛，他再也不叫媽媽；辣辣只好放棄。辣辣很不情願與冬兒打交道，但貴子只認冬兒一個人，所以她只能通過冬兒把她的內疚傳達過去。

但辣辣真是完全沒有母性嗎？其實不然，在小說中我們見到在丈夫死後，她為了孩子苦撐著一個家；為了送生病的大兒子進醫院，甚至賣血賺錢；對於被她視為「家賤」的冬兒失去音訊後，她也擔心到口吐鮮血；犯了法的二兒子要被槍斃時，她堅持要到刑場，送他最後一程。辣辣是一個苦難的母親，是一個真實存在那樣一個大環境的母親，這樣的母親是有血有肉，愛恨分明的。

余秋雨他在〈蒼老的河灣〉的散文中提到飢餓的主題，說他寧願在學院接受造反派的批判，也不願回家，為什麼呢？因為「極度飢餓的親人們是不願聚在一起的，只怕面對一點食物你推我讓無法入口。」[162] 由這話得知當親情和糧食形成拉距戰時，人

---

[162] 王劍冰：《中國散文年度排行榜（2002）》，武漢：長江文藝出版社，2003年，頁178。

性接受的考驗是極其殘忍的，母親也不一定是可以禁受得起考驗的。

　　隨著時代的變遷，多數的母親扮演著多重的角色，在多重壓力下產生了角色的衝突，以往，我們往往疏於去思考女性、母親角色與社會、文化之間可能存在的種種關係；但是，我們卻在90年代反映人生的小說中，見到許多女性發現自己在擔任母親或履行母職時所遭遇到的各種艱辛，並在母職的傳統刻板的信念中，承受沉重的包袱與壓力，痛苦地被拉扯和檢驗著。

　　虹影《飢餓的女兒》的時代背景在50年代，當時的女人，都聽毛澤東的話，努力生產，可以戴著大紅花當光榮媽媽。可是小說主角的母親在生第三胎時大出血，孩子死在肚子裡，護士罵她真是殘忍，還差三天就要生了，還跑到江邊洗衣服，是她害死她兒子的，母親臉上出現淺淺的笑容說是：「死一個，少一個，好一個。」護士不解地走開，她從沒見過這樣無情義的母親。主角認為母親的無可奈何的自嘲，應該是早就看清自己和孩子的命運——「不出生，至少可避免出生後在這個世界上所有的痛苦和磨難。大生育導致人口大膨脹，不僅我是多餘的，哥哥姊姊也是多餘的，全國大部分人全是多餘的，太多餘的人，很難把多餘的人當作人看待。」[163]

　　小說裡的母親在1943年從鄉下逃婚出來，她不願嫁給從未見過面但答應給二石米的小丈夫，她的骨子裡有叛逆的性格。到重慶後，她到工廠上班，和一個叫袍哥頭的流氓惡霸結婚，婚後生了一個女兒，但袍哥頭開始暴力相向又外遇。母親帶著女兒逃回

---

[163] 虹影：《飢餓的女兒》，臺北：爾雅出版社，1997年5月，頁210。

家鄉，但是按照家鄉祠堂規矩，已婚私自離家的女人要沉潭，母親只好又回到重慶，她幫人家洗衣服養活孩子，後來有個男人不畏袍哥頭的惡勢力，以真心打動了她，兩人結了婚，也陸續生了五個孩子。

袍哥頭從來沒有戒過嫖妓，他染病給母親，而母親也傳染給她的第二任丈夫，從此他的眼睛就壞了。由於他的眼睛出現問題，出了工傷，住進醫院。在這個六張嘴要吃飯的大飢荒時期，比母親小十歲的小孫的出現是他們的救命奇蹟。他倆日久生情，也意外懷了小孩，母親想辦法要打掉小孩，小孫卻不願意，他要承擔一切後果。小孫請求出院的男人原諒，而這個男人也不忍殘害一個無辜的小生命，甚至有意成全，但母親離不開五個孩子；最後法院仲裁小孫每月要負擔孩子的生活費，到小孩成年前不准見孩子。而這個被生下來的孩子，就是小說裡的主角──六六。

完全不知情的六六在缺乏母愛的環境下痛苦地成長，母親最常說的是：「讓你活著就不錯了。」她不知道為何那麼不得母親的緣。

母親住在廠裡女工集體宿舍，週末才回家。回家通常吃完飯倒頭就睡。哪怕六六討好她，給她端去洗臉水，她也沒好聲好氣。六六對母親是厭惡的；但也渴望她的真心。

母親也不是沒有為六六考慮過，母親以為把六六送走是最好辦法。有一次要送的人家他們家有兩個兒子，沒女兒，經濟情況比較好，至少有她一口飯吃，還沒人知道她是私生的，不會受欺負，起碼不會讓哥哥姊姊們為餓肚子的事老是記她的仇。大女兒也不會再因為母親傷風敗德生下六六這個私生女，而把母親看得那樣低賤。後來，因為對方家裡出事，所以沒送成，最後，六六

才無可奈何地被留在了這個家裡。

小說裡描述六六向母親要錢繳學費——

> 母親半晌沒作聲，突然發作似地斥道：「有你口飯吃就得
> 了，你還想讀書？我們窮，捱到現在全家都活著就是祖宗
> 在保佑，沒這個錢。你以為三塊錢學費是好掙的？」每學
> 期都要這麼來一趟，我知道只有我哭起來後，母親才會拿
> 出學費。她不是不肯拿，而是要折磨我一番，要我記住這
> 恩典。[164]

這個生活在困境中的傳統女人，像是把女兒當成報復的對
象，而究竟是怎麼樣的文化心理和社會環境，使得一個母親沒有
辦法拿出正常母親對子女的慈愛去關愛從己而出的生命，但就六
六看來，出生就已經不被祝福了，母親就算有再多無奈不能在眾
多孩子面前對她表現出疼惜，至少私底下也該有所行動，但是我
們見不到。在小說中我們見到母親是愛著六六的生父的，正常的
狀況，愛這個男人，也會愛著和他一起擁有的孩子，但是，這個
母親所表現出來的也不是啊！

小說裡的父親角色，像是故意用來對比母親的——「父親
不吃早飯，並不是不餓，而是在飢餓時期養成的習慣，省著一口
飯，讓我們這些孩子吃。到糧食算夠吃時，他不吃早飯的習慣，
卻無法改了，吃了胃不舒服。」[165]父親還常常在母親背後，偷偷
塞錢給六六。

---

[164] 虹影：《飢餓的女兒》，頁157。
[165] 虹影：《飢餓的女兒》，頁69。

　　1989年，成為小說家的六六回到家鄉，這距離她上次和生父見面，自己的身世真相大白，已經九年了，母親問她：「你回來做啥子，你還記得這個家呀？」話很不中聽，但她看著六六的神情是又驚又喜的。母親也不問六六的情況，六六認為母親依然不把她當一回事。母親對六六抱怨家中的經濟狀況。六六對母親說：「明天我給你錢就是了。」母親停了嘴，那是她提醒六六應當要養家的一種方式。

　　晚上，母親從布包底抽出疊得整齊的藍花布衫，那是六六的生父九年前為她扯的一段布，母親已經把它做成一件套棉襖的對襟衫。母親還轉交生父苦攢的五百塊，臨死前說是要給六六做陪嫁，務必一定要交到她手上。母親對她說：「六六，媽從來都知道你不想留在這個家裡，你不屬於我們。你現在想走就走，我不想攔你，媽一直欠你很多東西。哪天你不再怪媽，媽的心就放下了。」[166]

　　這一段母親對六六的真情告白，有值得分析的內涵。母親說：「從來都知道你不想留在這個家裡，你不屬於我們。」其實難道不是母親從來都不想把她留在家裡，也不把她當成一分子？特別的是，我們終於在小說最後見到了「正常」的母親，她承認她對六六的虧欠，也表示對六六所懸掛的一顆心。

　　在虹影的這部小說裡還有個配角——王媽媽，在1956年康巴藏族叛亂時，王媽媽的二兒子參加解放軍，當時這樣的新兵去剿匪，根本就是去送死。後來，果然王媽媽在一夜之間成了光榮的烈屬，每逢建軍節和春節，街道委員會都敲鑼打鼓到院子裡來，

---

[166] 虹影：《飢餓的女兒》，頁351。

把蓋有好幾個大紅圓章的慰問信貼在王媽媽的門上。有一年還補發了一個小木塊，用紅字雕著「烈屬光榮」。感到光彩的王媽媽，臉上堆滿喜氣，有時為了雞毛蒜皮的小事與人發生口角，不出三句話，她總會說：「我是烈屬。」兒媳怨怪王媽媽說是兒子走了，也從不見她傷心落淚。王媽媽振振有詞地說：「我為啥子要傷心，他為革命沒了，我高興還來不及呢。」

在傳統重男輕女的價值下，這又是讓人很難理解的母親，是妥協屈服於環境的無奈，還真是出自內心的犧牲小我，完成大我的大愛？

三、解構慈母形象

在我國傳統的作品中，我們見到的母親形象是含辛茹苦的教養子女成人，是在困頓的環境中犧牲自己也要成就兒女的偉大形象。也許是因為當時保守的社會風氣使然，只有歌頌母愛，塑造完美而不會犯錯的傳統慈母形象才能被讀者所接受；然而，隨著時代不斷演進，在大陸90年代的女作家筆下的母親出現了完全顛覆傳統母親應有的正面形象，而出現了反派角色，這也代表了整個社會對傳統道德觀念的遷變。

在林白《一個人的戰爭》中，我們看到童年的多米爸爸病死，媽媽和鄰人全都下鄉。在母親下鄉的日子裡，多米一個人在家，在那樣孤寂的夜裡，雖然不是孤兒，仍然覺得害怕極了，只有在床上才感到安全。上床，落下蚊帳，並不是為了睡覺，只是為了在一個安全的地方待著。若要等到天黑了才上床，則會膽顫心驚。晚上她從不喝水，那樣就可以不用上廁所。

　　沒有母親在家的夜晚已經形成了習慣，從此多米和母親便有了永遠的隔膜，後來，只要母親在家，她就感到不自在，如果跟母親上街，一定會想方設法走在母親身後，遠遠地跟著，如果跟母親去看電影，她就歪到另一旁的扶手邊，只要母親在房間裡，她就要找藉口離開。活著的孩子在漫長的夜晚獨自一個人睡覺，肉體懸浮在黑暗中，沒有親人撫摸的皮膚是孤獨、空虛而飢餓的。處於漫長黑暗而孤獨中的多米那時還意識不到皮膚的飢餓感，一直到當她長大後懷抱自己的嬰兒，撫摸嬰兒的臉和身體，才意識到，活著的孩子是多麼需要親人的愛撫，如果沒有，必然飢餓。

　　在這篇小說中，儘管多米承認母親是位好母親，但我們見到的母女之間的情感，是貧乏而空洞，疏淡而冷漠的。按理，相依為命的兩個女人，感情不是應該更為惺惺相惜？或者下鄉回家後的母親也更應在身心上去撫慰孤獨成長的多米，彌補不能陪在多米身邊的那一段時間的空缺？但卻不然，在小說中我們見到母女兩人互動出來的結果是多米對母親保持距離的卻步。

　　徐小斌《羽蛇》裡的母親若木對待女主角羽是極其殘酷的。六歲的羽在好奇心驅使下，按了剛出世的弟弟的鼻子，弟弟意外離開人世，外婆責備羽不是個好東西。從此，若木讓羽背負著「殺死弟弟」的十字架，羽在這個罪名中慘澹地成長，因為長期缺乏母愛，她覺得失敗、放棄才是她的好朋友。小說裡的母親的外表是典雅高貴的，但內心卻是邪惡陰險，她總是戴上面具，算計著對丈夫和女兒的生存方式的掌控，所以，我們見到小說中的羽在負面的環境下孤苦地成長。

　　盛英說：「徐小斌通過羽對母親式女人的感受，探測了女

人母性內部災禍性的逆變……當女人為母，但卻把『母愛』逆變為『母權』，對其兒女實施各式統治、征服、壓迫、壓抑、禁忌的時候，『神話母親』會即刻因其喪失本性而倒塌。這裡的『母權』既是父權中心文化的幫兇和合謀，更是母性的一種自我逆變。」[167]的確，母親的角色相當微妙，好壞善惡似乎一線之隔，若是有心以此身分所賦予的權杖挾山超海，那果真是自我逆變為「父權中心文化的幫兇和合謀」。

　　女性不同於男性有著崇高的懷孕經驗，在徐坤《女媧》中的母親李玉兒生育的過程充滿辛酸、苦難和荒誕。她的身體被夫家三代人使用過，傳宗接代的功用被極盡地發揮。而當長期被婆婆虐待的李玉兒一旦媳婦熬成婆後，她以一個要支撐起十個兒女的家的寡婦身分支配控制著整個家族，她又變成了另外一個惡婆婆，把她曾經所經受過的一切折磨人的待遇，完整地繼續加諸在她兒孫身上──她告發兒子和女婿，又毀掉兒子的愛情和女兒的眼睛，還向孫輩數落他們父母的不是，全家不得安寧。

　　這篇小說剝離了母愛和生命的真諦，整個解構了母親的形象，使其陷落於魔獸的不可理解的野性之中，也把女人神聖的生殖能力給玷汙了。關於女性的生殖，陳丹燕在《上海的金枝玉葉》安排筆下的女主角郭婉瑩說：「懷孕拿去了一個女子在少女時代對自己身體的神祕和珍愛，和一個美麗的女子對自己的自信，被孩子利用過的身體無論如何不再是嬌嫩的了，在生產的時候，無論你怎麼被讚美是在創造著生命，但你知道那時你更像是

---

[167] 盛英：《中國女性文學新探》，山東：中國文聯出版社，1999年9月，頁312。

動物，沒有一個女子潔淨的尊嚴。」[168]這裡把女人的生殖像是拉回了30年代蕭紅筆下的女性那種無意義、無價值的生殖，女性感受到的是生命的卑賤和殘酷的肉體創傷，那種痛楚的歷史文化是無法讓女性的靈魂找到新生命所帶來的喜悅的。

除上所提，母親對子女孤注一擲的獨占愛也是令子女痛苦不堪的。

陳染〈無處告別〉裡的黛二在父親去世那幾年，和母親的相處是相當進退維谷的。母親一感到被女兒冷落或不被注意，便會拋出女兒要好的朋友作為假想敵，醋勁大發地論戰一番。黛二小姊覺得母親太缺少對人的理解、同情，太不寬容，如此小心眼神經質，毫無往日那種溫良優雅的知識女性的教養，近似一種病態。她忽然一字一頓鄭重警告母親：「我不允許您這樣說我的朋友！無論她做了什麼，她現在還是我的朋友。您記住了，我只說這一次！」[169]她為母親難過，為她的孤獨難過。

還有〈另一只耳朵的敲擊聲〉裡的寡母也對女兒有著強烈的占有，她自認為：「這個世界，黛二是我唯一的果實，是我疲憊生活的唯一支撐。我很愛她，她很美，也很柔弱。在時光對我殘酷的腐蝕、磨損中，我的女兒在長大。然而，長大是一種障礙，長大意味著遠離和拋棄，意味著與外界發生誘惑，甚至意味著背叛。但是她一天天長大獨立這個慘痛的事實，我無法阻擋。」[170]母親把她青春流逝的代價要女兒來陪同償還，其中含括著嫉妒與羨慕的複雜情愫，所以母親說：「時光像個粗暴的強盜，把我當

---

[168] 陳丹燕：《上海的金枝玉葉》，臺北，爾雅出版社，1999年12月，頁83。
[169] 陳染：《與往事乾杯》，南京：江蘇文藝出版社，1997年2月，頁96。
[170] 陳染：《沉默的左乳》，南京：江蘇文藝出版社，1997年2月，頁203。

做不堪一擊的老嫗，想輕易地就從我的懷中奪走我生命的靈魂
——我的女兒。我無法想像有一天我的黛二棄我遠離。」[171]

長期孤兒寡母的生活，會使得這種出於人類本能的集體無意
識的戀子心態與日俱增，這種「寡母情結」表現在母親對兒子的
身上，更是激烈，這些陰鷙的母親所表現出來的人性的變態與扭
曲，和慈母的形象簡直是兩個極端。

方方〈落日〉裡還不是最糟的孤兒寡母的狀況，男主角丁如
虎還有個弟弟，但這個母親的怨恨與妒嫉之情，卻已經讓兒子在
感情路上進退兩難。

丁如虎是個喪妻多年的中年男子，很需要一個女人來慰藉
他溫暖他，但是他的寡母在這件事上總是採取敵對方式，這使得
丁如虎就這樣痛苦地過了十年。母親認定丁如虎無論娶來什麼樣
的女人都無疑會傷害她和他的三個孩子，所以她曾浩氣萬丈地警
告丁如虎說：「如果你敢弄個女人來結婚我就撞死在你的新房
裡。」[172]

有人替丁如虎介紹了個女人，兩人也展開交往，但丁如虎還
沒和母親提起，母親就已察覺並堅持反對。母子兩人有了以下的
對話——

> 「你少打點歪主意。莫看你人過五十了，如果你想叫
> 那個妖精進我丁家大門，那只是做場秋夢。」
>
> 丁如虎和顏悅色地說：「要個女人又不是什麼犯法的
> 事，你莫搞得那麼駭人。再說她也是個滿善良的人。」

---

[171] 陳染：《沉默的左乳》，頁204。
[172] 方方：《風景》，南京：江蘇文藝出版社，1995年12月，頁116。

　　祖母說：「看，看，我曉得有女妖精了吧？告訴你，有我在你就莫想！」

　　……

　　丁如虎耐下性子，他說：「原先說為了兒女我依了你，現如今兒女都大了，未必還會虐待他們？」

　　祖母說：「是呀是呀，伢都這麼大了，連孫姑娘都三歲了。自己做了爺爺還一心想搞女人，也不曉得醜賣幾多錢一斤！真叫伢們笑掉牙齒。」

　　丁如虎對祖母這番奚落頗有點氣急敗壞。丁如虎說：「這有麼事好笑的？我為他們熬了十年，他們也該明白這個。」

　　祖母冷冷一笑：「十年？哦，十年你就打熬不住了？我守了五十年的寡不照樣過來了？」[173]

　　母親激化的、缺乏安全感的戀子情結，透過她潛意識若隱若顯對兒子具體的身心折磨強烈地表現了出來，而母子之間矛盾又難以調和的痛苦拉扯，已為悲劇的基調下了更好的註腳。

　　小說裡還有另一個阻擋女兒追求幸福的自私母親。王加英為了家庭犧牲奉獻，但是王加英的母親對於女兒的婚姻大事，從來不發一語，「彷彿不知道她應該結婚應該有個美滿的家。相反，母親生怕她嫁了人而拋下她獨自過日子。母親總是說媳婦是靠不住的。」[174]母親希望王加英獨身，「為了她自己能活得舒服而獨

---

[173] 方方：《風景》，頁130。
[174] 方方：《風景》，頁100。

身。」[175]

　　母親所具有的溫情與撫慰功能，在90年代的兒女成長經驗中，已甚為少見；取而代之的是千瘡百孔的母親和子女間的恐怖關係，扭曲變態的愛替代了正常的親子關係，還有人性的殘忍所帶來的母愛的消解，小說集中體現在喪盡母性的母親，但是，我們同時也見到壓迫／被壓迫以及威脅／被威脅者的辛酸與無奈。

　　王安憶《長恨歌》裡的王琦瑤始終是一個周旋於男人中的女人，她從來就沒把「母親」的角色，納入她的生命中，所以，在小說中我們見到王琦瑤和唯一的獨生女兒薇薇從小就是疏離的。到了薇薇長成豆蔻年華的80年代，王琦瑤的心思也被打開了，跟著年輕人回到社交圈。王琦瑤依舊風韻猶存，見過她的人都欣賞著她所隱藏的復古式的風華璀璨；薇薇妒忌母親，因為她的朋友都一面倒向了母親那一邊。王琦瑤不服老，也不願別人認為她老，她和女兒之間的幾次不愉快，都源自於她不甘心只是薇薇的母親，她希望和女兒輩們成為平起平坐的好朋友。這個身為母親的孤寂，是青春正在洋溢奔放的女兒所無法理解的。

　　小說裡呈現了一個母親極力想要留住青春尾巴的力量，超越了對女兒的愛，這樣的精神姿態，似是解放了「母親」自身角色的刻板印象，而回歸女性本質去考量。

　　透過這些小說，我們得知當時代家庭結構所產生的根本性變化，在家庭這個引起紛爭的戰場上，母親與孩子間有形與無形的衝突引爆，摧毀了過去歷史上「母親」所建塑的神聖祭壇。基於人性，「母愛」常與嫉妒、自憐、自衛──等人性原型同存。甚

---

[175] 方方：《風景》，頁100。

至以「母權」橫加凌虐，類同張愛玲〈金鎖記〉中的曹七巧之施虐子女，係是以親自導演的「再痛一次」來為昔日的自己謀求快意的補償。

四、戀母到憎母的灰色地帶

原本中國家庭系統所建構的秩序與穩定特質，在多元社會文化的影響下，受到非常大的挑戰。隨著社會的變遷，現代化思維早已深植人心，而母職角色也同樣在一連串的變化中，進行著微妙的轉變，那是一種迷惑與脆弱的轉變。

在陳染的小說中有不少篇章表現出母女間無以倫比的愛，「戀母情結」算是占著相當重要的分量，比如在〈與往事乾杯〉和〈空心人誕生〉中，兩位主角都是強烈排斥著強勢而冷峻的父親，眷戀著弱勢溫柔的母親，甚至在《私人生活》中陳染更進一步創造出鄰居「禾寡婦」的角色，作為主角心目中「理想母親」的完美投射，表現了女兒對於母親深刻而絕對的渴戀。

但是，除了「戀母」的表現外，我們也見到母女之間緊張的白熱化情節。在〈無處告別〉中的黛二小姐與母親，這兩個單身女人的生活最為艱難的問題在於：「她們都擁有異常敏感的神經和情感，稍不小心就會碰傷對方，撞得一蹋糊塗。她們的日子幾乎是在愛與恨的交叉中度過。」[176]

每當黛二小姐和母親鬧翻了互相怨恨的時候，她總覺得母親會隔著門窗從窗簾的縫隙處察看她，此時，她便感到——

---

[176] 陳染：《與往事乾杯》，頁94。

一雙女人的由愛轉變成恨的眼睛在她的房間裡掃來掃去。黛二不敢去看房門，她怕和那雙疑慮的、全心全意愛她的目光相遇。黛二平時面對母親的眼睛一點不覺恐懼，但黛二莫名其妙地害怕用自己的目光與門縫裡隱約透射進來的目光相遇。[177]

黛二小姊覺得擁有一個有知識有頭腦又特別愛妳的母親，最大的問題就是她有一套思想方法，要向妳證明她是正確的，她總要告訴妳應該如何處事做人，如何決定一件事。黛二小姊無法像對待一個家庭婦女的母親那樣糊弄她、敷衍她；但她又絕對無法聽從於她。

白天的時候，黛二小姊多了一個恐懼。她無法把握母親的又愛又恨的情緒，她知道孤獨是全人類所面臨的永恆困境，她很怕有一天母親會發生什麼意外。她很害怕突然有一天面對一種場面——「她唯一的親人自殺了，頭髮和鮮血一起向下垂，慘白、猩紅、殘酷、傷害、噁心、悲傷一起向她撞擊⋯⋯」[178]黛二小姊常被這種想像搞得頭疼欲裂，心神恍惚，她為自己的想像流下眼淚。她寧肯自己去死，也不想活著失去母親。其實她是愛母親的。

林丹婭曾評論陳染〈無處告別〉關於黛二小姊和其母親的關係說：「女兒曾以慈愛的母親對抗專制的父權，實際上也是以自戀的自我對抗另一性；但當她們發現她們實際上已不是自己時（她們被變成今天的女人），而她們若要擺脫自己的命定屬性時，可憐的母親角色在她們的眼裡就變成了她可以看到的有關自

---

[177] 陳染：《與往事乾杯》，頁97。
[178] 陳染：《與往事乾杯》，頁102。

身的將來。她們不能再忍受重蹈母親之轍，她要超越自己（那個文明中的女人），首先得超越母親，因為又一個『女人』母親就在女兒體內孕育，而母親也在孕育著又一個『女人』女兒。她們需『連續不斷地變化！衝破防衛的愛、母親的身分和貪婪：超越自私的自戀⋯⋯』也就是說她和母親那種既愛又恨的關係，實際上正是她在自戀與割斷自戀之間的狀況。」[179]的確，誠如林丹婭所分析的這種尖銳的母女關係在女性文本中絕不是第一次，當然也可以肯定，不會是最後一次。小說裡的女兒們從可憐母親，和母親站在一起，到怨怪母親的懦弱，而跳脫同情的立場，不再為母親「服務」，努力成為自己。

再看池莉《你是一條河》裡的冬兒向學校遞交上山下鄉接受貧下中農再教育的申請書，她感謝這場偉大的運動給她提供了遠走高飛的機會。從八歲那年目睹父親的死亡到十七歲，漫長的九年她在母親的謾罵和諷刺之下成長，兄弟姊妹死的死、傻的傻、瘋的瘋，母親又不知是和姓李的男人，還是和姓朱的老頭好。

這個家永遠沒有人問冬兒一句冷熱，她早就恨透了這座黑色的老房子，但是她對母親是又恨又愛的，那是她既想離去又捨不得離去的複雜情緒所在。

冬兒明知母親一貫嫌惡她，可是她還是想最後證明一下母親對她的心，如果她公開她已經作出的決定，母親和自私自利的姊姊艷春就不會如此焦急，但是「她不，她要把刀交給母親，她渴望由母親而不是她割斷她們的母女情分。」[180]

---

[179] 林丹婭：《當代中國女性文學史論》，廈門：廈門大學出版社，2003年3月，頁292-293

[180] 池莉：《細腰》，頁89。

手心手背都是肉，母親遲遲難以作出決定。冬兒本來就恨做娘的，她像是母親前世的冤家，讓她下放了，娘兒倆就成死對頭了。最後，母親把冬兒和姊姊叫到房間，關上門，閒聊似地對她們說：「這豔春還是個姊姊，冬兒馬上就要下鄉了，也不替她張羅張羅行李。」這話把維繫著冬兒的千絲萬縷一時都扯斷了。

冬兒離家後找到她自己的天空，由知青變成大學生，走出和她母親不同的路，成為一個文化人。然而，冬兒在做了母親後，開始學習體諒自己的母親，她一直等待自己戰勝自己的自尊心，然後帶兒子回去看望媽媽。小說結尾，五十五歲的辣辣就在冬兒飽含淚水的回憶中閉上了雙眼。

每個人一出生就需要親情的撫慰，這是天經地義的，因為血緣的關係是無法切割的，母親與子女的關係絕不可能一開始就水火不容，不管是在過度母愛籠罩下的陰影或複雜的想逃離的情懷，或是欲迎還拒地渴望母親都是如此。總之，沒有子女天生就會往「憎母」的路上走，總是因為太多的外在環境或人的內在性格的種種因素，而產生的複雜的母親與子女的關係。

五、結語

「母愛」原本是人世間最純粹無私、包容寬厚、恆久而神聖的情感，但是本文所討論的作家筆下的母親們為了生存、自我追求或實現，卻在有意無意中，有形無形下，一點一滴地散失了作為或成為母親的內涵，這些小說中的母親形象破壞了長久以來我們所墨守也成規的價值與判斷理念，原來母親與子女之間的關係，並非真是那樣地崇高，在現實生活中，確實存在著母女之間

互不相容，母子之間互不相愛的仇恨，親情的倫理道德也是會被無情解構的。當母親們不再如傳統無私，奉獻犧牲，事實上，她們也會自私地考量屬於她們自己的實質利益的需求時，於是，由此，我們要學習也要把「母親」放到人性去考量。

盛英曾在評論徐小斌的《羽蛇》時說：「徐小斌對母性、人性異化及其價值分離特徵的剖示，其實是她對傳統啟蒙精神的一種抵抗；她期待人們從自我矇蔽和愚昧中解放出來，看到人性惡的真實面貌和破壞性；看到人性滑落的過速性和悲劇性。」[181]筆者認為這段話相當有道理，母親也是「人」，凡是「人」都不可能十全十美，而我們過去卻是嚴苛地去塑造超完美的母親形象，某些層面來說，其實是有違人性的。所以，我們可以藉由這一類的作品去見到赤裸裸的母親的真實面，也因為那樣的無奈的生存狀態，讓我們可以更貼近對「母親」的諒解。

馬克思所謂的「異化」（alienation）是指人類被其所創造的商品、典章制度、階級意識型態、勞動、宗教，乃至宗教所剝削以致於產生違背人性的本質。馬克思認為「異化」是人類發展的必定的過程，但是，他相信異化並不一定都是不好的，異化給人帶來衝突，衝突則引發反省，而反省與行動引導人類克服異化，以臻解放與自由，所以，馬克思將從正面角度所看待的異化命名為「自我增益的異化」（self-enriching alienation）。[182]如果我們也從這樣正面的觀察點切入，不也可以算是見到了「母親」的全面，而不是傳統偏執的集苦難與美德於一身的完美的母親形象。

---

[181] 盛英：《中國女性文學新探》，頁315。
[182] 洪鎌德：《人的解放——21世紀馬克思學說新探》，臺北：揚智出版社，2000年6月，頁92-104。

也正因為母親形象的「異化」，我們可能再也見不到小說中兒女們為了報答或迎合母親的美德，只好違背自己本性的「封建」色彩。這應該可以算是精神學上的一大進步。

在這些小說中有一個共同點是「父親」的缺席，有的父親離開人世了，也有生病的父親、性格陰鬱或暴力的父親，在這種父親角色淡化、隱沒的環境背景下，原以為刻板印象中的母親會更成為母親，像馮沅君〈慈母〉、凌叔華〈楊媽〉和丁玲〈母親〉筆下的慈祥容顏，但是，90年代的小說中的母親卻不是活得像傳統一樣的犧牲奉獻，反是更為自我，因此，那些已經「失去」父親的孩子，又在精神上接收母親不以為然或者是以為然的迫害，母親的社會功能也消隱不見了。

本文所討論的女作家，自90年代中期以來，以其善於思考和批判的敏感度接續著張愛玲式的對母愛神話的粉碎，她們再度站在更高的層次解構母親神話，進一步否認了母愛的存在，也將親子間敵對的關係，冷靜呈現，「母親」在這些女作家筆下又更張愛玲一大步而變異了。

屬於母親的秩序世界在被摧毀，其形象也在傾圮，她們不再許諾人類的理想期待，也不願成為美好生命的溫床，透過90年代顛覆母親神話主題的小說，我們可能要重新建塑「母親」的整體樣貌。

經由以上小說的研析，我們發現，當有些母親遇上權力結構時，她們的人性陰暗底層的一面就會被掀起，當貪婪、妒忌、怨恨、操控、虐待和主宰的權力被整合在一起時，母愛會漸而消失無蹤。於是，我們見到有偵探式的母親，對子女人權的侵犯；也有變態的母親，阻礙子女追求幸福；也有扭曲子女人格的母親，

或者遏制他們的自由精神，或者要子女陪同向下沉淪。這些小說都切入了母親身為人，身為女人的內裡，真實考察並呈示了女性文化心理結構的多元全面。這一點，也正好印證了90年代女性文學多元性的特徵。

最後，要特別提出來的是，在莫言的短篇小說〈糧食〉中，他塑造了一個令人蕭然起敬的偉大母親：20世紀50年代一位母親在災荒年月裡，為了養活自己的孩子，吞食工廠裡的生豌豆入肚，回家後吐出成為哺育孩子的糧食，孩子因而得以健康長大。在當時「人早就不是人了，沒有面子，也沒有羞恥，能明搶的明搶，不能明搶的暗偷，守著糧食，不能活活餓死。」[183]的年代，生理上的飢餓是母愛無法添補的，畢竟面對飢餓時的必需品是實質的食物而不是抽象的母愛，但在莫言的小說中還是兩全地保住了母親的偉大與糧食的珍貴。這樣的母親形象有別於本文所討論的女作家筆下的母親角色，是否男性作家對母親的眷戀仍保持著一種獨有的神聖，這倒是一個值得觀察的現象，可提供未來相關議題加以研究。

---

[183] 莫言：《會唱歌的牆》，臺北：麥田出版公司，2000年，頁74。

身分與性格：
當代大陸女作家筆下的男性形象

　　女性寫作研究，在20世紀末的中國進入了一個相對衡定的繁榮期──第四次世界婦女大會在中國大陸召開；中國當代文學研究會對女性文學思潮的關注，專門設立了女性文學委員會；學術研討會的開辦；以及女性文學相關叢書的出版，都對90年代的女性文學產生推波助瀾的作用。

　　於是，很明顯地見到在上個世紀90年代的大陸女性小說中，女作家在思考空間上變得廣闊了，她們從不同的角度展現了「發現自己」的意念，以女性的敏感天賦，自覺地進行各種質疑與解構，不僅超越過去挑戰男性霸權的侷限，甚且在建構新的女性思維上，有相當大的成就，比起80年代在小說內容極力所展現的女性意識外，視野更為寬廣。對筆下小說人物的刻劃，筆觸所及更為細緻。除了女性人物外，作家塑造了許多具有鮮明獨特個性的男性人物，她們利用外在環境氛圍的烘托，著力在男性人物性格上的刻劃，使得人物栩栩如生，躍然於紙上。

　　在女性文學的風景線上，90年代的女作家大膽地與傳統決裂，樹立屬於自己的一套行為機制，不僅對中國的女性文學是極大的充實，也顯露了女作家思維的深邃以及當代女性文學的無窮潛力。期待經由本文能讓讀者更清晰而完整地了解20世紀90年代大陸女作家筆下的男性形象，並從90年代的女性小說中的傳續與

變化之跡，接續中國當代女性文學史的發展脈絡，提供女性文學
研究者相關研究資料。

一、身分

（一）知識分子形象

　　承繼20世紀20、30年代知識分子在作家筆下的當紅，90年代
的小說中知識分子又成為作家關注的焦點。因此，講到男性形
象，首先要先來介紹女作家筆下的知識分子。

　　傅鏗在1992年發表〈大陸知識分子日益邊緣化〉一文中提
到：鄧小平的開放改革，雖成功地走向商業化；但是，知識分子
卻成了最受剝削的階級，日益邊緣化，文化日益沙漠化！知識分
子的社會地位已降低到歷史最低點，比如上海市青年工人的平均
月入已超過大多數教授，已經出現許多上海知識分子熬不住貧
窮，自1991年底以來，紛紛集資以玩股票為第二職業的狀況。[184]
這種現象也在90年代的女性作家筆下出現，而且作家往往在文本
中設計「下海」轉型後的知識分子和堅持於原崗位的知識分子在
生活條件上的極大差異。

　　方方〈行雲流水〉裡的吳丹和高人雲是青梅竹馬的戀人，可
是因為吳丹的家庭背景太複雜，所以，高人雲的一對勉強自保的
大學教授的父母，戰戰兢兢地央求他們的兒子不要為自己的前途
雪上加霜。於是，兩人最終還是分手了。後來，成為大學窮教授

---

[184] 傅鏗：〈大陸知識分子日益邊緣化〉，《中國時報周刊》，第40期，
　　1992年10月，頁66-67。

的高人雲感嘆自己一個大男人不能讓妻子兒女過上舒服的生活，時常責備自己無能。在當時大學教員的薪水並不高，在小說文本中，我們見到高人雲的女兒抱怨說：「你們做大貢獻，創造社會財富，那憑什麼就只給你們這點報酬呢？別人就怎麼可以輕輕鬆鬆地過得舒服呢？」[185]

此外，我們還見到高苑升學考試的競爭壓力，以及高人雲夫妻在經濟拮据的狀況下，要想辦法籌錢給女兒復讀的苦心。大學教授的生活很艱難，社會的變化不如以往，高人雲就和他的教授父親比較，父親在當教授時一個月的工資養活一家人，還有兩個保姆、一個車夫，都還有盈餘；而他現在的薪水只能養活他自己，而且還不夠買書、買衣服。

高人雲同樣身為大學副教授的妻子安慰他說：「你縱然才智過人縱然出類拔萃，就算有三頭六臂之能量，你又能怎麼樣呢？誰讓你只是一介書生，誰讓你又只作了大學老師！你沒能力巧取豪奪，不就只能給多少算多少？愧疚的又不該是你。」[186]文本勾勒出當代大陸知識分子在一般所說的商品大潮或消費主義下的生存狀況。知識分子的邊緣化，全然顯露。

我們還可從一些地方的諺語，所反映的相當程度的知識分子的現實處境來看，比如說「窮得像教授，傻得像博士」，「再窮也莫當老師」、知識分子被嘲諷為比文革時的「臭老九」還要低等的「窮老十」，還有所謂的「知識苦力」[187]等，都側面反映說

---

[185] 方方：《白夢》，南京：江蘇文藝出版社，1995年12月，頁259。

[186] 方方：《白夢》，頁261。

[187] 潘國靈：〈商品經濟大潮下當代大陸知識分子的邊緣化〉，《二十一世紀》網路版，總第15期，2003年6月，頁3。

明了知識分子在商品大潮下的窘境和生存危機。

方方的另一篇〈無處遁逃〉裡嚴航的同事小李、小馬也紛紛離開學校，為了賺錢轉行到南方的公司。在小說還可看出大學教職的辛苦教課、批改作業、作研究、評職稱，不少科學菁英，因為負擔太重，英年早逝。

陳思和在1993年「當代知識分子的價值規範」的研討會上說：「我們面對的文化處境每況愈下，商品經濟的蓬勃發展與精神文化的萎靡不振形成一個強烈反差……這幾年經濟大潮起來，知識分子似乎連『責任感』也不再提，不敢提，或者不想提了。在日益見漲的消費水平與日益增多的經濟暴發戶面前，知識分子突然感到自慚形穢，知識分子在當代社會的形象就變得非常委瑣。」[188]的確，知識分子在計畫經濟體制下所居社會中心的傳統地位，已經隨之失落，也因此，我們見到作家在言說自身，和整個知識分子階層時，所發出的吶喊，或所展示的型態各異的知識分子形象，都有一絲絲的對環境的抱怨與無奈。

在張梅《破碎的激情》中那一批只為理想奮鬥的知識分子，但在社會劇變中，他們面臨物質和精神難以兼顧的尷尬境地，而這些蔑視現實中已經「為五斗米折腰」的現實生存個體的邊緣人，最後，卻成了理想的失落者。90年代的知識分子算是有史以來，處於最尷尬處境的一群，他們被迫退守到邊緣地帶，生存的壓力，讓我們看到的另一面是無力抗爭者的形象。

小說描寫了這些處於轉型期的中年知識分子，承擔著社會和家庭生活的責任和壓力，同時還對未來充滿著未知的徬徨，在

---

[188] 陳思和：〈當代知識分子的價值規範〉，《上海文學》，1993年7月，頁67-71。

尋求自我實現的過程中是如此地矛盾無力與無可奈何。他們想盡力去改變，卻又被現實環境折騰得疲憊不堪，無法改變；但若不得不改變，卻又徬徨於改變後的未知。當然也有人認知到知識分子身分「有時成為其謀取生存利益的巨大障礙。最後迎接他們的生存命運是：澈底消弭掉知識分子身分，或者麻木個人敏銳的感知世界和批判世界的能力，混跡於普通市民之中，被動地融於世俗；或者無法將自我精神價值實現與世俗生存方式和解，最後生命萎靡以致自殺身亡。」[189]這種狀況可在王安憶〈叔叔的故事〉裡的叔叔得到印證，雖不致結束生命，但已然是行屍走肉。

　　叔叔是80年代知識分子菁英的代表，他是個綜合體，他身上結合了幾十年來，所有受難的知識分子的共同經歷——在50年代的政治運動中被錯劃為右派，然後，發配到農村從事懲罰性的勞動，文革結束後恢復身分，重拾筆桿恢復知識分子的尊嚴。但是，王安憶並沒有寫到這裡就結束，叔叔下放農村勞動改造時，曾有過一段婚外戀情，戀情曝光後，妻子選擇原諒他，她有意要降服他。但自此怕老婆的他的婚姻生活陷入苦難，他的人生信念被摧毀了，也因此產生了一種自卑情結。文革後，他返城出書，和妻子離婚，也離開了他的兒子。為了彌補在文革中耽誤的青春，他靠著自己的名聲追逐愛情遊戲，希望找回失落的自我。他在小米身上找到生理的滿足，但是傳統知識分子的使命感，又讓他不願滿足於形而下的狀態，於是他又在端莊賢淑的大姊身上，透過對話與交流找到靈魂的昇華，他如魚得水，直到他在一個德國女孩的身上受挫，還有在他幾乎已經要遺忘的兒子大寶身

---

[189] 張文紅：《倫理敘事與敘事倫理：90年代小說的文本實踐》，北京：社會科學文獻出版社，2006年1月，頁210-211。

上，見到他所極力要擺脫的醜陋、猥瑣、卑鄙等，兒子像一面鏡子，讓他發現他過去所有過的恥辱是無法擺脫的，他終於精神崩潰了。

大寶痛恨父親讓他受苦，失去健康，也沒有工作前途，於是他拿刀往父親揮去。終於，叔叔還是認清了大寶是他生命的延續的事實，他是永遠擺脫不了過去的，他也永遠不會再幸福了。這是一個甩不開過去，無法往前看的知識分子形象。

知識分子文化人格的養成非一朝一夕，而整體的歷史格局的錯位，影響了個體的生存際遇，我們在叔叔身上見識到他的自私陰暗、懦弱懊悔。

以上這些形象豐富複雜的知識分子，讓我們見到了儒林百態在環境變遷下的生活底蘊，有掙扎於十字路口的慾望化的痛苦，有堅持固守讀書人的道德情操，也有棄守原則，隨波逐流向金錢權利投降的書香變銅臭的人物，這些人物不管是用卑劣的手段獲取權力，或者是就算被嘲笑道德清高換不得一個漢堡，也要守望知識分子的精神家園的，都為女性小說的人物畫廊增添了難得的光彩。

（二）政商界的成功人士形象

除了學術圈的知識分子和自私專橫的父親角色外，作家們也塑造了一群在商場上打拼的「成功」人士形象。

且看這些「成功」人士是如何發跡的。池莉〈小姊你早〉裡的王自力是國有外貿公司的總經理，吃喝嫖賭都拿去報公賬，公器私用，靠攫取國家人民的公共財產而發財；池莉〈來來往往〉裡康偉業雖說是靠自己努力以正當途徑賺來他的財富，但是他的

成功卻和政治權力有密切的關係，有錢能使鬼推磨，他利用金錢買通有實權的官員，讓他得以官運亨通；而張欣〈婚姻相對論〉裡的艾強和尹修星則是身為政府官員，前者是總幹事，後者是主任，因為政府創辦「國際交流基金會」，讓他們有機會收回扣、受賄賂。

這些商人成了爆發戶後，生活奢華，極盡擺闊。〈婚姻相對論〉裡的艾強是名牌的愛用者，孩子唸貴族學校，假日會和老婆去打高爾夫球，體驗有錢人的生活，而尹修星則是開著名車到處跑，重要時刻還會甩出美金擺闊。文本中盡是豪闊生活的描寫；〈來來往往〉裡的康偉業從上到下全身名牌，不惜花費大把鈔票打點自身行頭；〈小姨你早〉裡的王自力的成功理想是要有房有車，還要有上百萬的錢，還要有美元存款。

這些男人總是在「成功」後，開始嫌棄糟糠之妻，在外豢養小老婆——〈來來往往〉裡的康偉業覺得老婆和他不同調了，連基本的用餐的水平都不同，更不用說對話了。到處尋花問柳的〈小姨你早〉裡的王自力，甚至連自己家的鄉下不起眼的保姆都不放過。當王自力的妻子撞見他和保母的不正常關係後，對他提出了離婚；讓王自力絞盡腦汁的是，他將如何引導戚潤物解放思想，利用她對他的嫌惡，順利地達到快速離婚的目的。王自力不是沒有想到過離婚，是不敢去想離婚，不敢去想的潛意識是渴望離婚。現在不比從前了，從前的一切都受制於環境受制於他人，找個老婆也必須首先考慮是否對自己的生存有利；現在的他不愁生計了，身為一個男人，他自認為自己有權利選擇一個他熱愛的女人，一個漂亮的性感，對生活的一切都是那麼有感覺，而且是可以配得上他的女人。

王自力認為他應該可以重新生活一次。否則這一輩子他也太虧了！

自從戚潤物提出離婚的要求之後，他天天都盼望她能拿出實際行動。但是王自力又不能操之過急，生怕惹惱了她，她又不離了。王自力還是了解她的，他要從形式上讓她感到是她在拋棄他，要讓她占據精神上的優勢；而他是一個被拋棄者，是一個做了壞事落得孤家寡人下場的臭男人；她是高尚和清潔的。這是一個自私又薄情寡義的商人形象。

市場經濟、金錢至上和享樂主義入侵文學的肌體，文本中這一類在商品大潮中發跡的成功人士，把女人當成商品化的對象，而女人也甘心淪為物化的籌碼。且看〈來來往往〉裡的康偉業在一個應酬的場合認識了二十歲的模特兒時雨蓬，兩人開始交往，但康偉業顧慮他的老婆，不願和時雨蓬在街上曝光，所以建議直接給她錢，讓她自己逛街買自己喜歡的東西。

這些在商場上打滾的成功人士雖說用金錢操控著女人的慾望，但同時也在計畫趕不上變化的瞬息萬變的時代裡，被女人掌控著！

這些有著社會地位的人士，都有追錢逐利的特徵。鐵凝〈無雨之城〉裡的普運哲當他面臨抉擇：一是保有完整的家庭，而從副市長升為市長；還是，不愛江山愛美人，捨棄仕途與妻子離異，然後和心愛的情人在一起。最後，普運哲辜負了情人，選擇了市長的職位，但其實他對不起的還有他自己以及不被他愛著的妻子；張欣〈掘金時代〉裡也出現了一群利慾薰心的男性人物——冬慧的父親總想利用女兒成為搖錢樹，而她的男朋友又是一個為錢騙情的人；工商科局長梁劍平渴望升官發財；章朝野在黑

社會裡為錢賣命。

作家在結局安排〈小姨你早〉裡的王自力在老婆的全力反撲下失去所有；〈婚姻相對論〉裡自食惡果的艾強被送進了監獄，作家們利用這些成功的男性人物形象表達鮮明的批判。

二、性格

（一）虛偽貪婪的卑鄙形象

還有一些是專從女人身上騙取錢財、為權利義無反顧，或者是用性慾化的眼光，貶低女性的令人作嘔的男人，鐵凝〈對面〉裡的青年沉溺於愛慾，在一次偶然的機會，讓他發現一個比肉慾遊戲更為刺激的東西，兩個月來他用望遠鏡心甘情願地在黑暗中偷窺著對面一個已婚的女游泳教練和兩個男人偷情，那甚至成為他的生活目標，展現了低等的男性心理滿足，後來，青年將女教練的祕密公開攤在陽光下，讓在眾目睽睽底下無地自容的女教練走向死亡。還有，殷慧芬的〈慾望的舞蹈〉和張潔的〈她吸的是帶薄荷味兒的煙〉裡的男主角的下流與卑鄙的行徑描寫，充溢了女作家對男權文化的逼視與思考。

男性的投機游離，也在嚴歌苓〈少女小漁〉裡的江偉身上可以見到。為了讓女友小漁得到綠卡，他以金錢作為交換的代價，安排小漁和一個貧窮的洋老頭假結婚，但是弱勢的文化處境帶給他心理上的扭曲，就在小漁和洋老頭結婚後，他無法面對小漁和洋老頭一起生活的事實，常常怒氣沖天找小漁麻煩，他自私專橫、以現實利益至上的性格，在他自以為受到屈辱的處境中顯現無遺。

　　還有，作家對虛偽貪婪的男性性格型塑也不在少數，比如張潔《無字》裡的胡秉宸摧毀了妻子對愛情的憧憬與婚姻的信心，在結婚後，他的自私懦弱、充滿心機，展露無遺；〈紅蘑菇〉裡堂堂一表人才的大學教授吉爾冬，盡做些到處占人便宜的惡事。他對妻子精神和肉體的雙重折磨，顯出他卑鄙與貪婪的一面；而張欣〈掘金時代〉裡的穆青無法適應環境的轉變，只懂得怨天尤人，當妻子經商成功後，大男人的他又不甘示弱，原本鄙視從商的他也跑去作生意，結果血本無歸連累妻子。這是一個被社會淘汰的好大喜功、不切實際的男性形象。這些男性人物所展現的根深蒂固的男性中心主義性格，是傳統男性中心文化所養成因襲的結果。

　　鐵凝《大浴女》裡的方兢是80年代在電影界大紅大紫的明星，而他也運用他的優勢去贏得各種類型的女人的青睞，當他遇上從事出版業的尹小跳，這個他曾未體驗過的女人，便以情書攻勢騙取芳心。這一種陰沉虛假的心機男，也是充斥在90年代女性小說的人物畫廊中的。

　　陳染〈無處告別〉裡的黛二小姐到美國後，一方面找不到對異質文化的認同，一方面又無法忍受和美國男友瓊斯僅僅只是以性去維繫關係，於是她逃回了國內；在因緣際會下，她認識了讓她留下不可磨滅的印象的氣功師。黛二小姐在氣功師為她治療頭痛的過程中，真的對他動了心，她並不拒絕他對她寬衣解帶，但歡愛過後，氣功師卻神祕莫測地在一旁暗自發笑——原來，他只是利用她在作實驗。黛二小姐前後的這兩個男人——西方的實際又膚淺；東方的神祕又詭計——兩人狠狠地把黛二小姐一再推向孤立幽閉的環境。

再看徐坤〈遭遇愛情〉裡心機算盡的島村。梅被老闆指派到北京和島村談生意，兩人為了達到雙方同意的價錢各懷鬼胎。梅利用美色以溫柔的低姿態，希望獲取島村的同情，從她大學畢業後、辭職、下海、離婚、工作碰壁到跳槽，期待能夠利用這次談到好價錢度過試用期，果然這樣坎坷的經歷，引起了島村的惻隱之心。島村和梅進了她下榻的賓館，梅希望價格可以壓低一點：「您覺得我值多少？」島村反問她：「那麼我將得到什麼？」談判的過程島村覺得和梅算是棋逢對手，於是講定梅提出的價錢，約定隔天梅到他的住處簽合約。

島村是個離了婚的單身男子，兒子跟著前妻，其實他是很渴望愛情的，他原以為可以在梅身上找到，可是簽約當天，呼吸急促的島村卻被令他迷亂的梅耍了。梅拿出了三千元錢交給島村說是給他的報償。「島村的面部肌肉登時發僵，進而急遽扭曲著，像是不懂地詰問：你真的認為我要的就是這個嗎？你真的是這樣想的嗎？梅被他的表情給震懾住了，睜大眼睛疑惑地問：這樣有什麼不對嗎？那麼你還想要什麼？」[190]失落的島村半推半就地在梅的催逼下簽下了合約。

但是，梅怎麼也沒料到在簽約前，提醒她看清楚合約的島村，是道高一尺魔高一丈的，小說末尾島村打電話給回到深圳的梅：「梅小姊，祝賀您生意取得成功。我要告訴您的是，在複製合同文本時，我忘了把『發行權』字樣打上了，就是說，您購買的只是影帶的複製權，卻沒有發行權，您有權拷貝出一卷卷的膠片或磁帶，卻不可以拿到市場上出售發行。我重新準備了一份比

---

[190] 李復威主編、陳染編選：《女性體驗小說》，北京：北京師範大學出版社，1999年，頁69。

較完備的合同，不知梅小姊是否願意一切從頭再來？」[191]聽筒裡一時寂靜無聲。島村似乎可以看到梅那欲哭無淚的眼神。他暗暗笑了，卻笑得很苦。

這一類虛偽狡猾的男性，隨著時代的開展，在商品經濟和競爭機制的兩性爭戰的社會中演出更烈，最具心機。

（二）敦厚誠正的忠實形象

講了這麼多負面的男性形象，不可否認的，作家筆下也有優質好男人。

遲子建筆下出現了一群敦厚忠誠的男性形象。〈原始風景〉裡的父親六歲時失去母愛，那時他還有兩個弟弟，他被迫長大。他曾經考上過音樂學院，可是因為家庭經濟因素，他的願望最終付之東流。後來，走過滄桑，他在小鎮創建了一所學校，當了二十幾年的校長，學校的一磚一瓦對他來說都是他生命無法分割的一部分。女兒深記著他病逝的前幾天他從昏迷中甦醒過來說的第一句話竟是：「該是期末考試的時候了，孩子們準備得怎樣了？」文本中父親刻苦正直、善良博大的形象呼之欲出。

還有〈親親土豆〉裡身患絕症的農民秦山，在生命即將走到盡頭時，捨不得白花錢醫治無可救藥的臭皮囊，堅持要給妻子買一條軟緞旗袍，讓她可以在明年夏天穿上，正因為這樣一份超越生死的關愛，他的妻子才能在他離開人世後平靜地生活下去；〈河柳圖〉裡的中學教師程錦藍被丈夫遺棄後，嫁給了沒有文化的粗俗商販裴紹發，這段婚姻外人看來極不相配，連他們的親友

---

[191] 李復威主編、陳染編選：《女性體驗小說》，頁70-71。

都不看好，但裴紹發卻用心經營婚姻，珍視並尊重優雅多情的妻子；〈日落碗窯〉裡的關全和雖然在心裡介意妻子對村裡不幸的青年男教師的關心，但他並不硬加阻擋，反而對妻子表現更多的體貼與溫柔，因為他知道支撐愛的屋子的大梁柱便是信任。

在遲子建筆下，我們見不到激烈情緒化的女權話語，體會到的是兩性必須相依相偎才能維繫兩人世界的運轉，尤其是男性人物的重要地位。〈偽滿洲國〉裡窮苦的王金堂娶了大戶出身的吉來奶奶，他總能體諒妻子的苦痛，甚至縱容她的各種怪癖，這對夫妻走過風雨懷著對對方的掛念與信任，辛苦地熬過了偽滿統治時代。遲子建集中筆墨抒寫鄉村夫妻間樸素動人的愛情，雖沒有轟轟烈烈、也談不上撼人心魄，但男性角色那份務實的淡如水的情感，卻是最令人感動的。成熟的男人，會成熟地處理事情。在張抗抗《情愛畫廊》裡就出現這樣一個熟男。奧雄面對妻子的背叛，坦然接受無法挽回的婚姻。他和移情別戀的妻子心平氣和地談論她的新歡的住房條件，「他擔心水虹在蘇州這麼多年優越的生活，恐怕一時難以適應北方。又憂慮藝術家在生活習慣上雜亂無章，除了畫布哪兒都髒，水虹會為此受委屈。他嘮嘮叨叨地叮囑著水虹過日子的絮繁，要水虹千萬懂得愛護自己。一時間，他變得像個婆婆媽媽的老父親，在為自己的愛女做出嫁前的準備。」[192]至於家庭財產的分割，水虹原本只想從存款裡帶一兩年的生活費就好，但是奧雄還是堅持要公平地把該歸給水虹的歸給她。奧雄除了是好丈夫外，還是個好父親，他不讓女兒去打擾水虹的新生活，他傾其所愛給女兒，在面對水虹的離去、阿秀的變

---

[192] 張抗抗：《情愛畫廊》，臺北：業強出版社，1998年12月，頁192。

故、父親的逝世、阿霓的癡呆和情感的糾纏後，過早衰老的他，堅守著最後對愛女的陣地，只求她一生平安。另外，嚴歌苓也讓我們在《扶桑》裡的鐵漢大勇身上，見到他柔情的一面，他的內心最純潔的一塊淨土就僅留給了他最愛的老婆。

還有一類好男人，卻是遇上市儈的女人，就狠狠地被拋棄了。

唐穎〈麗人公寓〉裡的寶寶不到二十歲就已經知道，浪漫的愛情要和現實的婚姻分開去考量，所以，就算她和劉思川愛得你死我活，最後她還是選擇當四十九歲的富商的情人，因為，好男人劉思川只是個中學教師，是絕對無法滿足她的物質需求的，劉思川終究還是被犧牲了。

張欣出身於現實的廣州，所以她筆下的女性也極盡展現了現實的一面。〈親情六處〉裡原為話劇演員的簡俐清，在市場經濟大潮的衝擊下，劇場經營不善而關門，迫於生活她毅然決然和溫柔體貼的男友分手，自願讓富商包養。可憐的是深情付出的優質好男人。

經由以上男性類型的研析，我們發現不管女作家們是從正面或反面的筆法去描寫男性，或極盡譏諷嘲笑之能事，或以揭露男性的生存困境、靈魂深處的醜陋與陰暗面為主旨，她們筆下的傳統父權文化賦予男性重大責任的價值期待，使男性自身已經無法繼續扮演他們自造的男性強大的虛空角色，顯得疲憊與厭倦，這也使得作家在揭示他們內在生命的枯萎，或人格的卑瑣懦弱與妄自尊大，相當適切得宜。

此外，總結本文研究三點心得，條列如下：

（一）從男性形象去看女作家筆下的父親形象——徐小斌《羽蛇》裡從頭到尾都在小說中出現的孱弱父親，

在母親和外祖母的權威下，顯得更是失語沉默的無用；林白《一個人的戰爭》中的多米從小隨母親長大，文本中很少提及父親，甚至沒有談到她對父親的想像或任何感受。這些文本中可有可無的父親形象，似乎有意顛覆傳統以來的父親威權，張揚女性地位的存在。

但我們也見到池莉以寫實的筆法，寫出了不受婚姻環境影響的父愛光輝。男人在事業成功後，即使離棄無法一同成長的妻子，可是這樣的負心漢陳世美對自己的骨肉，依然善盡父親的責任。〈小姊你早〉裡的王自力是個不忠實的丈夫，但卻是個在經濟上、照養上負責任的父親，當他和老婆處於白熱化的鬧離婚階段，他還是找了一個下屬──李開玲充當他們家的保姆，他請求為人母的李開玲幫忙，他不能夠讓他的兒子沒有人照料，他希望她能替他管家，他要確保兒子安穩的成長環境；就連他們夫妻倆在商議離婚事宜的會面，他一定首先會詢問兒子的近況；〈來來往往〉裡的康偉業婚姻出現紅燈，和妻子兩人反目成仇後，妻子便口口聲聲對康偉業要錢，說是女兒開銷大，她要拼命榨乾康偉業的錢；康偉業除了金錢上極力滿足，還有精神上，只要是女兒提出的要求，他都無法說不。

我們在陳染的小說中，見到她透過對父親進行顛覆性描寫，在凸顯父親中心地位的同時，也重構了父親的身分；林白小說中的父親通常只有象徵的意義；

遲子建從對父親的重新審視作為切入點,展現父愛充
滿溫情和悲憫的一面;池莉寫出了面對愛情已死,但
親情永存的父親,以足夠的思想和成熟的能力去處理
孩子的問題,見到男性世界開啟的必要。

總之,這些作品都顯示了女作家筆下獨特的父者
形象。而這也是未來可延伸研究的方向。

(二)改革開放之後,激發了人們的物質慾望,尤其是在晚
生代作家的小說中,我們見到一群身處於高度發達的
商業社會的新新人類在燈紅酒綠的舞廳、奢靡高檔的
酒吧、聲光化電的躁動的迪廳裡出現,有別於傳統的
新的社會階層與人際關係的新型態盡情地演出。

衛慧《上海寶貝》裡的天天還在被母親豢養著,
母親從遙遠的西班牙寄來豐厚的金錢,讓他過著無需
勞動的優渥生活;倪可的父親是位大學教授,努力要
與女兒互動,卻不得其門而入,在這些新新人類張揚
與蔑視的眼中,父親的形象不再崇高無比,他們只是
形象模糊的背景人物;棉棉對父親存在意義的顛覆和
消解,表現得更為突出,《糖》中的父親缺乏和女兒
溝通的能力,是個令人厭惡的知識分子,他之於女兒
只是個提供婚姻經費的經濟資助者。

這些具有青春本錢的人物是放蕩不羈的,他們不
喜歡談責任,喜歡的是透支金錢、智慧與情慾,然
而,在繁華褪盡、情感透支、慾望盡情流淌之後,驚
覺浮光掠影的都是泡沫,而在回歸到自己的同時,其
實有更大的徬徨與空虛的反撲。於是,不難看出小說

中，表現現代粗鄙的消費化、慾望化的現象，也傳達
出上海新人類文化的某種普遍性存在的價值觀。

（三）由女作家對男性形象的書寫，發現：兩性要得到雙贏
的最大勝利，就是男女要認知其自然差異，並肯定
其脣齒相依的關係。健康的兩性世界應該雙性都能充
分發展，是互依共生、彼此尊重、和諧互愛像太極一
樣，陰陽和諧，互助共建的；而不是需要／被需要、
救贖／被救贖、控制／被控制的二元對立。

關懷意識：
以大陸當代女性小說為例

在中國大陸上個世紀90年代市場化快速進展、商品大潮高漲
的環境中，我們見到很多反映當代社會現實的作品，作家受到社
會因素與文化背景的影響，在急劇推進的現代化、商業化進程，
擠壓著女性的生存空間，其筆下的「個人化」，雖說達到了前所
未有的宣洩與張揚，但在某種意義上，也說明了女性不斷惡化的
社會生存環境，以致女性躲進屬於她們的象牙塔中。

然而，集中閱讀90年代的小說，不難發現還是有多數女作家
突現其真切感，在細膩的日常生活流程書寫中，將屬於自己的普
照式的人文情懷融化其間，於是產生不少關注底層的作品。她們
的創作精神是拒絕冷漠，遠離玩世不恭的，她們以表現人間情懷
的寫作的姿態，貼近女性生存現狀的人文關懷創作，因為她們知
道文學除了認識生活，給人以審美的功能外，重要的還在於對人
性、社會和文化所呈現的關懷。

一、人性關懷

80年代以後，隨著現代派思潮深入人心，作家在慾望橫流中
保持和弘揚人文精神與關懷，把握自己存在的意義，以人性透視
為核心，藉由貼近現實生活的描寫，呼喚良知真情，尋找精神家

園，使文學不失真誠，比如蔣子丹〈桑葉為誰升起〉裡的蕭芒從宗教情感裡吸取了自身救贖的力量；方方的〈祖父在父親心中〉沉重地寫出了上一代知識分子的萎縮現實，還有池莉在〈白雲蒼狗謠〉中通過流行病研究所的改革，提出了體制改革和探索人的素質與文化的關係問題；至於90年代的反思文學，比起80年代更加深化而超越，就像王安憶《叔叔的故事》講述了人性和階級性的複雜關係、歷史的荒謬，還有對人物心靈陰暗面的正視。

再看張欣〈你沒有理由不瘋〉裡的谷蘭，寧願身敗名裂也要固守她的良心；張欣關懷著那一群沉溺在商業社會裡，與生存環境對抗、融合或者物化的女性，她寫出了現代人所面臨的矛盾、尷尬與憂患，在文本中強烈表現出急切焦灼的批判精神。所以，我們見到她筆下的喬曉菲成功後，內心卻是寂寞痛苦的，沒有人真心和她分享榮耀和財富。張欣從關懷女性的立場出發，強調「精神性」的價值，她所要告訴我們的是；崇拜金錢的結果，會造成內心的匱乏，真正的愛是無價的，是金錢買不到的，唯有停止慾望，人性深處的良心就會出現。尤其在〈歲月無敵〉、〈首席〉、〈掘金時代〉等作品中，張欣似乎無意於虛妄的都市批判，她更關切地反映著現代人生命，以及期待精神如何提升，如何以堅實的文化意蘊，回饋社會。

鐵凝也是相當注重人性尊嚴價值的作家，尤其她在寫作長篇小說，特別在意人物的命運，所以可見她在挖掘人性意識，對於人性和社會環境的聯繫關注，特別是女性的個體存在與生存意識，企圖展現人性的深邃。她在《大浴女》中大膽撩起人性卑鄙的面紗，咄咄逼人地追問衝突的靈魂，讓尹小跳勇敢地面對人生際遇，作者安排尹小跳在最後勇敢地說出過往，一段讓她一直活

在罪惡中的往事，藉此在其內心搏擊中，獲得再生。

鐵凝大膽坦露人性底層的本真、展示其內心隱密的情緒──孤寂、困惑、焦慮、荒誕、虛無、施虐或受虐──以現代人的生存意識去觀照，並反思其行為方式。〈無雨之城〉裡講到了沒有全然完美如意的人生，現實和理想之間總是存在著永恆的矛盾。例如：普運哲期望能江山與美人兼得，卻只能選擇其一；陶又佳不顧道德，一心只想得到普運哲，卻失去所愛；普運哲的妻子葛佩雲想方設法偷拍丈夫和外遇的照片，藉以保住僅存利害關係的婚姻，但她卻為了這些照片受盡白已賀的折磨；而利令智昏的白已賀，卻在車禍中喪生。這些人的欲求都出於「愛」，都有正當理由，但碰撞出來的結果都難以如願，小說對人生的不完滿提出了哲理性的關懷。

再看遲子建筆下所出現的傻子形象，也是有其特殊意義的，如〈霧月牛欄〉裡被繼父打傻了的寶墜；〈青春如歌的正午〉裡被人認為是精神失常的陳生。這些人物的價值就在於加深了遲子建「藝術作品中的悲劇氣氛，強化了人與人之間的那種矛盾衝突，並在這種非正常情況下更真實更尖銳的矛盾衝突中，以極端的藝術的方式展示了人類的醜陋。」[193]這種藝術方式等於是先展示人性的醜陋，洞悉人的可悲，然後喚醒人性底層靈魂中的關愛和信仰。遲子建喜歡有氣味的小說。因為有氣味的小說，總是攜帶著浪漫的因素，使人讀後留有回味的餘地。

成熟的女性主義寫作，有著深切的人性關懷，而不僅僅是對男性文化的解構，應該是要建構人性的光輝，比如孫惠芬和方方的小

─────────────
[193] 管懷國：《遲子建藝術世界中的關鍵詞》，長沙：中南大學出版社，2006年4月，頁198。

227

說，以方方的〈一波三折〉為例加以說明。盧小波從「勞改犯」，
搖身變成開公司賺大錢的「大款」後，深知有錢能有鬼推磨，他讓
年輕時他所愛戀的鄰家女孩，成為他的情婦，當年所以沒能在一
起，是因為他的工種不好而被女孩家裡反對，如今「她現在天天陪
我睡覺，她丈夫只要她每月交五百塊錢回去就行。她的媽媽當年那
樣罵我，現在給我當傭人，每天為我打掃廁所、倒垃圾。我朝她臉
上吐一口痰，她都不會改變笑容。」[194]小說中呈現了盧小波沾沾
自喜的報復心理與行為，他認為：「人得有錢。錢能使人高貴，
使世界上最壞的人成為最受歡迎的人。使最無恥最無知的人處處
受到尊敬。」[195]但是，作者在小說最後安排盧小波拒絕了兩個小記
者採訪他，他主動找到昔日的老朋友，並出了高價的稿酬，指定要
讓日子過得並不寬裕的老朋友採訪，可是，老朋友得知他的近況
和改變後，最後決定放棄十萬塊錢的專訪費，給盧小波電話留言
說：誰也預測不了自己明天會發生什麼事，希望他好自為之。

　　小說講到了人性的弱點與生活的無奈，但是，作者也提示了
當我們認清自身的弱點與優勢後，應該要努力在轉型期的困惑與
迷惘中確定自身的價值觀。

　　有麵包不一定幸福，人都需要情感的慰藉和精神的燭照。
於是，我們見到王安憶在《我愛比爾》中設計阿三是個主動大膽
追求金錢與情感的女性，但外交官比爾的一句話打破了她的愛情
夢：「作為我們國家的外交官員，我們不允許和共產主義國家的
女孩戀愛。」阿三在繪畫藝術中找不到精神寄託後，她開始放
縱，穿梭在酒店大廳販售自己。作者特別在小說結尾安排被捕入

---

[194] 方方：《黑洞》，南京：江蘇文藝出版社，1995年12月，頁378。
[195] 方方：《黑洞》，頁377。

獄的阿三越獄成功，讓她成為逃犯，等於是斬斷了她和「物質」所有的緣分，當然同時也讓她超越了物質對她的束縛。

二、文化關懷

作家賦予筆下的人物守護著他們的道德良知，讓他們在文化困境裡長途跋涉，在文化詰問中在在提問，而找到更為寬廣的可能性，和更為博大的自由空間。比如張欣〈歲月無敵〉裡的母女抗拒世俗的誘惑，只為捍衛她們的藝術靈魂；〈愛又如何〉裡的可馨，儘管她的傳統人文價值被現實生活折磨得破碎不堪，還是渴望能夠修復她的赤子之心。

還有，唐穎的《美國來的妻子》也是相當諷刺的一部長篇。小說裡已經「傍」上美國老闆的上海女人汪文君，利用出差的機會回國和丈夫元明清離婚。當她走在闊別十年的上海街上，她發現一切都變了，到處都在建設，挖路、拆房子，交通擁擠、空氣混濁，街邊的梧桐樹不見了，她的心緒煩亂，她希望能幫助元明清逃離這個混亂的上海城，可是，卻又難以理解地企圖在元明清身上，重溫昔日所熟悉的上海優雅、沉穩、安定的味道。

另外，在海外的作家也擔任著文化守護者的角色。嚴歌苓曾說過：「我的寫作，想的更多的是在什麼樣的環境下，人性能走到極致。在非極致的環境中人性的某些東西可能會永遠隱藏。我沒有寫任何『運動』，我只是關注人性本質的東西，所有的民族都可以理解，容易產生共鳴。」[196]作家到了美國後，異質的生活

---

[196] 舒欣：〈嚴歌苓——從舞蹈演員到旅美作家〉，《南方日報》，2002年11月29日。

與文化給了她很大的震撼與感動,讓她們原本已是敏感的創作,又因為浸染了西方的文學理論與思想,而產生了變化,這中間也包括了西方社會眼中所見到的東方歷史文化視點。也因此,我們見到嚴歌苓小說中的「中國形象」,其實是在她到美國以後的作品,才鮮明豐滿起來的。

自從80年代以來,到海外留學、工作或移居的中國人越來越多,海外作家以紀實性或通俗性的書寫記錄了海外華人的異國生活,深刻地寫出了東西文化透過個體經歷的衝撞,就像在《少女小漁》中「揭示出處於弱勢的文化地位上的海外華人,在面對強大的西方文化時所感受到的錯綜複雜的情感,及在這種境遇中獲得跨越文化障礙的內心溝通的艱難性與可能性。」[197]但是,小漁卻通過了艱難性和可能性,用她善良的美好心靈,去感染和她假結婚的洋老頭,洋老頭也因為她的真誠關懷漸而改變,她盡最大的努力去照顧被女友拋棄又中風的洋老頭,甚至在最後要搬回男友身邊前,還把洋老頭的房子清掃乾淨,她想留下清爽些、人味些的居處給洋老頭,小說結尾兩人的告別表明了他們內心真性情的溝通,讓我們見到文化的隔閡,還是會被真誠以待的關懷給融化。

還有虹影在《女子有行》中也講到了文化尋根與種族融合的問題,表現了華人移民後,失去文化根基的感覺。

海外作家關懷中國人文,以她們的書寫,開拓了新的文化精神,展現中國文化的變化,讓我們了解文化衝突的表現,才是文學與歷史前進的動力,也見到作家以異質的文化撞擊出人性的關

---

[197] 陳思和主編:《中國當代文學史教程》,上海:復旦大學出版社,1999年9月,頁357。

懷，對人性本色有深層的關注。就如《飢餓的女兒》和《K》包含了屬於中國的文化，小說所以能打動西方人的原因，在於表現了人性的殘酷與多種樣貌，以及因為那些罪惡與失敗而起的懺悔精神，這是多數在西方出版的華文作品所欠缺的。

三、生命關懷

　　富有生命意識的作家會對慾望世界提出關懷，以其獨特的生命文化，表現對人的生存關懷的意圖，以責任和良知關注生命的現實問題。畢淑敏也是在生命關懷上著力的作家之一。《紅處方》裡戒毒醫院的院長簡方寧，被病人莊羽陷害，莊羽出身於高幹家庭，喜歡追求驚世駭俗的刺激，也尋求毒品的短暫快樂，她剛住院就希望有一天可以把院長也變成病人。所以，她出院後在送給院長的油畫裡摻加了劇毒，使簡方寧天天不自覺地吸入從油畫散發出的毒氣而染上毒癮。簡方寧百感交集地面對殘酷的化驗結果，並請教權威景教授，景教授提出要治療毒品感染，必須切割大腦中主管人的痛苦和快樂感覺的中樞——藍斑，但是熱愛生命的簡方寧，覺得一個人若無法感受快樂和悲傷，失去對世界的感覺，不如死去。所以，她選擇結束生命，以她熱愛的方式生存。在這裡對比著戒毒事件，講到了生命的崇高。

　　另外，畢淑敏也在〈女人之約〉和〈生生不已〉裡安排女主角自覺地走向生命的盡頭，文本中關注了人的尊嚴力量和生命意識；還有在〈預約死亡〉裡也有主角對生命的達觀態度，以及因其人格光輝而讓生命永恆延續的期盼。

四、社會關懷

池莉〈化蛹為蝶〉裡的孤兒小丁在孤苦的環境中成長，但是池莉卻讓這個小人物出頭天，不但事業成功，還娶了個家世背景很不錯的女記者，可是就在他事業和婚姻兩相得意時，他突然感到迷失，並開始找尋他的人生意義，後來，他回到家鄉從事慈善事業，小丁把他小時候的「紅星福利院」，改名為「小丁孤兒院」，移址城郊。小丁熱血沸騰地投入了孤兒院的建設，他率領著孩子們栽樹墾荒，養魚種菜，養了五禽六畜。小丁本人每天都和孤兒們一樣生活，衣著隨意，像一個大男孩。但是，他並沒有放鬆對生意的照管，附近的幾家法國汽車公司都只買「小丁孤兒院」的雞蛋和蔬菜，並且都樂意出高價，因為它們是真正無汙染的綠色食品。

池莉讓發達的小丁透過對社會的回饋，去找到自己最無與倫比的人生狀態。

90年代女作家的寫作姿態，「已不再是單純將男性世界視為一個對立的存在，一個繞不過去的巨大障礙，而是一種更為寬厚、更為平靜的包容性姿態，一種與男性具有至少同樣高度與深度的姿態，這裡面隱含的實質性變化，是女性對男性的傳統依賴性的進一步解脫，是對女性的獨立生存能力和精神價值的進一步確認。」[198]在作家的文本中我們確實見到她們努力地理解和把握文學的功能。改革過程伴隨著很多問題，道義和利益兼顧的兩難

---

[198] 李有亮：《給男人命名：20世紀女性文學中男權批判意識的流變》，北京：社會科學文獻出版社，2005年5月，頁262。

帶來很多無奈和苦痛，作家以清晰理性的文本的表現方式，把沉重的痛苦注入人文關懷的視野，並對社會人生給予極大的關注，從更深的層次去探測人的本質，負載著對歷史、社會和人類廣泛問題和困境的生存關懷，直抵生存本真的願望，提升人的靈魂。

　　王安憶在她90年代的小說中，特別注意到整個社會環境，造成人與人之間的隔閡與距離，〈憂傷的年代〉裡的「我」、〈叔叔的故事〉裡的叔叔、《米尼》裡的阿康和米尼，他們的童年都是孤寂的，都是在困惑中摸索掙扎而成長起來的。王安憶提到關於她筆下的米尼說：「我想知道米尼為什麼那麼執著地要走向彼岸，是因為此岸世界排斥她，還是人性深處總是嚮往彼岸。我還想知道：當一個人決定走向彼岸的時候，他是否有選擇的可能，就是說，他有無可能那樣走而不這樣走，這些可能性又是由什麼來限定的。人的一生中究竟有多少可能性。」[199]而《紀實與虛構》裡的「我」雖然從小在上海長大，但畢竟是外來戶，總有無根的焦慮，文本中讓讀者強烈感受到的虛無、憂傷與孤獨，引發人物對自我生命存在的追問，提示了人類共同面對的問題。

　　20世紀90年代以來的女性所面臨的文化情境要豐富複雜得多。女性所面臨的文化困境，從其情感、社會體驗和精神探索三方面來看，兩性的情愛關係和所處社會環境的改變，到職場競爭的壓力，都讓我們藉由作家的小說見到其女性意識經歷對社會的外部探索和剖析，以及對內在的審視和反思。

　　90年代呼喚著愛和理解的女作家，擁有寬厚綿長的人文思想，用力鋪陳人物的慾望生命和人格衝動，以交織著感性和理性

---

[199] 王安憶：《男人和女人，女人和城市》，昆明：雲南人民出版社，2000年8月，頁15。

的生命思考，探究關於人的存在本質、自由和生命意義，關懷人性、社會與生命價值，企圖通過不同的生命撞擊，揭露重壓在人們身上的有形與無形的問題，展示現實關懷的人文品格，體現人道主義情懷的回歸，在這一方面女作家已經在通往人文關切的路上作出了獨特的貢獻。

語言文學類　AG0179　實踐大學數位出版合作系列

大陸當代小說選論

作　　　者/陳碧月
統籌策劃/葉立誠
文字編輯/王雯珊
執行編輯/陳思佑
圖文排版/楊家齊
封面設計/李孟瑾

發 行 人/宋政坤
法律顧問/毛國樑　律師
出版發行/秀威資訊科技股份有限公司
　　　　　114台北市內湖區瑞光路76巷65號1樓
　　　　　電話：+886-2-2796-3638　傳真：+886-2-2796-1377
　　　　　http://www.showwe.com.tw
劃撥帳號/19563868　戶名：秀威資訊科技股份有限公司
　　　　　讀者服務信箱：service@showwe.com.tw
展售門市/國家書店（松江門市）
　　　　　104台北市中山區松江路209號1樓
　　　　　電話；+886-2-2518-0207　傳真；+886-2-2518-0778
網路訂購/秀威網路書店：http://www.bodbooks.com.tw
　　　　　國家網路書店：http://www.govbooks.com.tw

2014年12月　BOD一版
定價：280元

國家圖書館出版品預行編目

大陸當代小說選論 / 陳碧月著. -- 一版. -- 臺北市：秀威
　資訊科技, 2014.12
　　面；　公分. -- (語言文學類 ; AG0179) (實踐大學數位
出版合作系列)
　　BOD版
　　ISBN 978-986-326-303-6 (平裝)

　　1. 中國小說　2. 現代小說　3. 文學評論

820.9708　　　　　　　　　　　　　　　　103021953

讀者回函卡

感謝您購買本書，為提升服務品質，請填妥以下資料，將讀者回函卡直接寄回或傳真本公司，收到您的寶貴意見後，我們會收藏記錄及檢討，謝謝！
如您需要了解本公司最新出版書目、購書優惠或企劃活動，歡迎您上網查詢或下載相關資料：http:// www.showwe.com.tw

您購買的書名：_____

出生日期：_____年_____月_____日

學歷：□高中 (含) 以下　　□大專　　□研究所 (含) 以上

職業：□製造業　□金融業　□資訊業　□軍警　□傳播業　□自由業
　　　□服務業　□公務員　□教職　　□學生　□家管　□其它_____

購書地點：□網路書店　□實體書店　□書展　□郵購　□贈閱　□其他

您從何得知本書的消息？

　□網路書店　□實體書店　□網路搜尋　□電子報　□書訊　□雜誌
　□傳播媒體　□親友推薦　□網站推薦　□部落格　□其他_____

您對本書的評價：(請填代號　1.非常滿意　2.滿意　3.尚可　4.再改進)

　封面設計____　版面編排____　內容____　文／譯筆____　價格____

讀完書後您覺得：

□很有收穫　□有收穫　□收穫不多　□沒收穫

對我們的建議：_____

_____

_____

_____

11466
台北市內湖區瑞光路 76 巷 65 號 1 樓

秀威資訊科技股份有限公司　　　收

BOD 數位出版事業部

··

（請沿線對折寄回，謝謝！）

姓　　名：_____　年齡：_____　性別：□女　□男

郵遞區號：□□□□□

地　　址：_____

聯絡電話：(日) _____　(夜) _____

E - m a i l：_____